生命的四分之三是海洋

李双丽／著

北方联合出版传媒（集团）股份有限公司
春风文艺出版社
·沈阳·

图书在版编目（CIP）数据

生命的四分之三是海洋 / 李双丽著 . —沈阳：春
风文艺出版社，2018.2（2021.1重印）

ISBN 978-7-5313-4999-0

Ⅰ.①生… Ⅱ.①李… Ⅲ.①散文集—中国—当代
Ⅳ.①I267

中国版本图书馆 CIP 数据核字（2018）第 011779 号

北方联合出版传媒（集团）股份有限公司
春风文艺出版社出版发行
http://www.chunfengwenyi.com
沈阳市和平区十一纬路25号　邮编：110003
永清县晔盛亚胶印有限公司印刷

责任编辑：姚宏越		责任校对：陈　杰	
装帧设计：程煜涵		幅面尺寸：145mm × 210mm	
字　　数：150千字		印　　张：5	
版　　次：2018年2月第1版		印　　次：2021年1月第2次	
定　　价：40.00元		书　　号：ISBN 978-7-5313-4999-0	

序

我生来恐高，怕深水。

这次却要乘船出远门。对于大海，我脑海里尽是戏剧般的想象，细节都是海上历险。所以，诗意的远方于我既是诱惑，也是恐惧。

《奥德赛》中，有一段描写伊塔克国王奥德修斯在女神雅典娜的帮助下，在海上历经艰难困苦，重返故里的经历。归途中，宿仇海神波塞冬持神器三叉戟兴风作浪，阻止奥德修斯返家，其中有这样的描写："他汇起云朵，双手紧握三叉戟，搅荡着海面，鼓起每一股狂飙，所有的疾风，密布起层层积云，掩罩起大地和海洋。黑夜从天空里跳将出来，东风和南风互相缠卷，还有凶猛的西风和高天哺育的北风，掀起汹涌的海浪……一峰巨浪从高处冲砸下来，以排山倒海般的巨力，打得木船不停地摇摆，把俄底修斯远远地扫出船板，脱手握掌的舵杆。凶猛暴烈的旋风汇聚荡击，拦腰斩断桅杆，卷走船帆和舱板，抛落在远方的峰尖。"读来不禁让人不寒而栗，大海的惊涛骇浪，足以摧毁一切。

但是，当我置身于"和平号"游轮十层露天甲板上凝视大海时，没有想到我心静如水。那种静，是纯粹的静，是身心的安宁。你感受不到周围的一切。我仿佛不再是我自己，我之前的一丝悲观厌世，我的少许忐忑不安呢？消失了。滚滚红尘在我身前身后消失殆尽，我眼前只有大海。辽阔，深沉，一望无际，那时的大海在浅吟低唱，深不可测。我目不转睛地望着，极目远眺，却看不到尽头，细小的波纹层次分明地缓缓地自海面上掠起，一层涌起一层退去，又一层涌起一层退去。我俯视着海水，出乎意料，转瞬间却有了安全感，甚至有跳下去游泳的怪念头，后来也多次涌起过这样的想法。我对自己产生了质疑，我原先计划着在船上的这段时间里，如何看世界，如何养病，如何去面对陌生的人和生活，如何充分利用和安排好时间看书学习。可是在马上就要开始的此时此刻，这一切念头都烟消云散了，不见了。我抬头久久地仰望天空，想寻找答案，天空灰蒙蒙的一片，阴沉凝重。在灰黑色亮晃晃的海水映衬下，我试着用手指轻轻触动额头，确定自己的存在，同时不停地低声问陌生的自己：我是谁？

那是 2016 年 12 月的一天，上海，小雨，多云雾，驱车前往码头后，乘船。

我像面对陌生的船，陌生的大海一样面对我自己。这年 7 月初，我在医院做了甲状腺癌切除手术。医学规范术语形容甲状腺是："人体甲状腺位于颈部前方正中部位，正常人正好位于胸骨上与喉部以下范围内，甲状腺就像一个展翅的蝴蝶紧贴在气管前方。"展翅的蝴蝶，如此形象。手术后，我身体里的蝴蝶飞走了，在原来的位置留下了一个微笑的符号印在皮肤上。

手术成为我人生的一个新的分水岭。我年过半百，为人妻，为人母，视营造和谐的家庭为己任。手术过后，我继续承担着我的责任和义务，但是抛开了有关病情的一切，我的内心深处忽然响起了声音，那是来自大自然和老天的呼唤，我的心一下子为大自然的肃穆宁静和宏伟壮丽的图景而燃烧起来。通常情形下，独自一人身心沉淀的机会也是很难得的，除了日常生活，我们同时还要工作。所以能够让身心沉浸思考，在某种程度上是说明自己已经挣脱了现实生活的束缚，或者说某种客观原因使其逃避了这种束缚的罗网。更确切地说，这不是逃避，比如在疾病导致的种种肉体和精神的绝望困扰中，自己能够理性地梳理，寻找生机，来重新肯定自己，重新审视和发现自己，这也是一种面对困境的勇敢姿态。

古希腊哲学家伊壁鸠鲁的伦理观就是主张人生的目的在于避免痛苦，使身心安宁，怡然自得，认为这才是人生的最高幸福。他的理论是，幸福就是身体的无痛苦和灵魂的无困扰。这种观点对于凡人来说，很难意识到也很难做到。

甲板上静谧的空间逐渐地被人占满了。甲板前方的两侧放置了一些金属质地的桌椅。有人专门把椅子的位置调换到栏杆旁，以避开其他人和他们的目光，独自面向大海静静地坐着。

船头像翻耕土地的犁一样把滚动的浪花甩到船尾，船尾又掀起几条小小的水线。这是白天，环顾四周，茫茫大海，渺无人烟，我们的船孤独地航行在一条既安全又没有商业船只往来的航道上。

几天过去了，船航行在前往下一站的行程。那些天，多数时候，海天一色，人有时会感到很沉闷，也很孤独。只有到了傍晚，当掺杂着天青色、深蓝色的橘红色的彩霞从海平面上冉冉升起时，你俯视大海，那金色的天堂似的光芒，在大海的映衬下，照耀到你的内心深处。

这次乘船远航，冥冥之中，面对好像是大自然、天地、阳光、蔚蓝色大海和神对我的召唤，我止不住脚步，带上书籍和行囊，应声而来。

　　恐高怕深水之人，如今置身一百零五天的环球之旅中，必有其故事。恐怕船上八百多名乘客，各有其不被人知的缘由。

李双丽

目 录
CONTENTS

印象■

　　他，目测年龄约六十五岁以上。上半身弯曲，面庞险些贴在扶椅上了。坚毅的眼神从镜片后面射出来，带来一种学者睿智的气质，脸上泛着兴奋难耐的光泽。我仔细观察过，船上使用轮椅的只有两个年纪大的日本男人，他是其中之一。他使用的不能算是轮椅，是日本制造的一种辅助性的扶椅，帮助行走吃力的人。他推着扶椅走路时头尽力向上仰着，举止有种孩童似的自我陶醉和对周遭事物无穷的乐趣，嘴角露出不易察觉的微笑，他的周身散发着智慧的磁场。我曾经停下脚步，听他从口琴里吹出来的悦耳音乐；也曾看他陶醉在自己敲打伴奏的鼓点中的神情；更看过他妻子坐在门旁凝视他敲打演奏时幸福欣慰的微笑；甚至还遇见他俩在清晨的八层台阶前锻炼的场景，两个人旁若无人步调一致地在台阶前迈上迈下，整齐、认真、和谐的脚步伴随着从他妻子口中发出的细腻温柔的声音：一二、一二……

　　第一次遇见他是在马达加斯加的旅途中。
　　马达加斯加这个国名在我的记忆深处已经埋藏很久了，如果不是这趟旅行，我几乎就把它彻底掩埋了，不会记起它。提起它，也只知道它地处非洲，并不知道它的地理位置，也不知道它是位于南半球非洲大陆的东南部，印度洋西南面的马达加斯加岛上，更不知道它是世界第四大岛，俗称"大岛"。孤陋寡闻到竟然不知道马达加斯加独有的植物"猴面包树"。这种树生长在马达加斯加的西部，西部为热带草原气候，西南部是全岛最炎热的半荒漠地区。同时，马达加斯加也拥有充沛雨量的气候条件和丰富多变的地形。马达加斯加曾经是欧洲列强的殖民地和贩运奴隶的中继地，直到20世纪70年代才真正在经济和政治上完全独立。这次93次船旅旅行手册的封面竟然是马达加斯加靠近西部的第二大港口城市艾奥拉港的沙滩，这是我后来才知道的。封面画面感很强，是三个天真无邪的儿童自在地围坐在沙滩上的照片。嬉戏，玩耍，一副童真快乐的表情。头、脚和手上沾满了沙子。他们大大的眼睛，长长的睫毛，黝黑的皮肤，那白白的牙齿被健康纯洁的笑容尽情展现。黄色的沙滩，浅蓝色的海水和靠近沙滩间轻轻泛起的像镶在海岸边的一条静止的白色带状的涟漪，在孩子们的身后像淡雅的调色板成为衬托的背景。

　　我们的船停靠在马达加斯加港口城市艾奥拉。当乘客们陆续走出时，船舱外响起了当地传统的音乐，旁边并排站立两列对游客表示欢迎的姑娘，她们跳着欢快的传统舞蹈。看得出来，有两三个姑娘的笑容很勉强，脸上写满了愁字，忧郁的眼神流露出哀伤的心绪，这种心绪似乎扰乱了舞步，心不在焉，跟不上准确的音乐节拍。

　　船在马达加斯加艾奥拉停留两天。艾奥拉这个港口城市没有高速公路，没有像样的公路，没有完善的网络系统。第一天没有安排，我给自己自由行。接驳车把我们拉到了城里。当我们的脚在车门口还没有落上艾奥拉的土地，嘈杂的人群和声音便裹挟而来。孩子和成人混在一起吵吵闹闹地向我们蜂拥而来。"Madam，Madam"，我耳边一连串的女士，要这个雕塑吗？要那个……孩子们手里拿着各种各样的工艺品在叫卖，有各种活灵活现的木雕动物，有非洲图腾，等等。我们周围有许多空闲等活的出租车，也属于黑车类。貌似纯朴的司机们围拢上来，试探地询问着我们去哪里。只要你张口问一句，马上有四五个司机抢着回答价钱，他们狡黠的眼神看上去很狡猾很老练，长期和游客打交道的他们彼此之间也很默契，互相配合着诓骗游客。一位长相憨厚上了点年纪的瘦弱的司机引起了我的同情，我问他附近有没有酒店，想先上个网，和家里联系一下，他立即说有。然后指着一个方向说，打车要六十美元，我觉得自己的同情心被充分利用了。最后，我走出一段路，躲开那一群漫天要价的出租车司机，讨价还价后，二十美元包了一辆出租车，包车是为了节省时间，不把时间耗费在交通上，但司机不要一元一元的零散美元。司机略显斯文，同意带我绕小城一圈。

他们的价钱荒诞得离谱，满目望去，笼罩艾奥拉的是一片贫穷落后。这里不能称其为城市，它很小，看上去就是在烈日暴晒下肮脏的商品集散地。没有很规范的马路和街道，更没有见到公共汽车。男人、女人、脏兮兮的孩子们，穿行在乱糟糟的街面上。街道上没有树，小马路太窄。我看到一个简陋的棚子，里面贩卖各种蔬菜、水果、肉类、日用品和食品。尤其是鞋摊，都是旧鞋，像个小丘堆在一起，竟有单只的搭配成双地卖。还有卖衣服的摊主，挂卖的衣服上有中文商标，他自己身上穿的衣服也有中文字。成群的苍蝇嗡嗡叫，密密麻麻地落在肉食和香蕉上，男摊主或者女摊主脸上茫然而空白，有的面带一点微笑实则木然，在有限的空间与苍蝇共生存的他们，丝毫没有反应。

街上唯一的亮点就是美丽的女人。无论是少女，还是妇女，她们肌肉圆润结实，凹凸有致，曲线流畅，满头黑发变换出各种发型，时尚而现代，传统的裙子突出了身体的完美。

中午的阳光炽烈，热得出汗。离开主街，车随便绕上一绕，便会看见狭长的海湾，潮水进退时强时弱，翻卷的白色波浪像细碎的冰碴，强烈的光线让蓝色的海水闪射出灰蒙蒙的一片。沙滩上有些外国人在游泳冲浪，也有一些穿着得体、养尊处优的当地年轻人悠闲地坐在凉棚下聊天、啜酒。他们跟几步之遥兜售叫卖的小贩和街上游手好闲表情呆滞的群体迥然不同。我的脑子里立刻出现最简单的两个词：富人和穷人。

和司机告别时，我礼貌地征求他同意后，问他：

"你一个月工资按美元算多少钱？"

"差不多二十美元。"

"工资这么低？"

"是啊。"

"你结婚了吗？"

"结婚了。"

"有孩子吗？"

"两个孩子。"

"你妻子工作吗？"

"不工作。在家里操持家务和照顾孩子。"

"祝你一切都好！谢谢你。再见。"

生活不容易，我看到了。

第二天，参加船旅（1月3日）岸上观光线K线。

　　我是凭直觉来这里的。我根本不是一个地道的旅行者。这体现在当初我选择游览项目时，根本就没有仔细看过。英文字母标识的线路有十几个，我对动物园之类的不感兴趣，眼睛一扫而过，因为文字介绍也不是中文，后来我毫不犹豫地在这幅自然风貌的字母K图边打上了钩：这幅画画面很简洁。长长的一条黄土大道，若干株高耸入云的猴面包树，造型独特，树干光滑，似木质圆桶形状，冲向云霄，树顶聚集繁茂的绿枝叶，盛开着暗红色的小花，树结果实。画面是下午或者是近夕阳的光在粗壮古铜色光滑树干上的反光，光影斑驳，一片湛蓝的天空点缀几抹白云，蓝白色在黄昏略呈深沉，没有了白昼的光亮，树木间空隙稍大，阴影加深，光与影形成一片凝重的色调。
　　我知道它正确的学名是猴面包树，是置身现场时。
　　炙热的阳光在高调提示游客这里的热带草原气候，又是中午，我就像枝叶翠绿的庄稼移植到这里，立刻失去水分、叶子耷拉下来的样子。原以为是森林般的猴面包树，没想到因为前些年盗伐严重，导致当地部门严密保护，现在猴面包树已被列为世界濒临灭绝植物，眼前仅剩十几棵树的规模。往远处望去，空旷的天地间，还散落着零零星星的若干棵。与周围环境形成了强烈的对比。多少年来，当地人由于贫困、贪婪，不断地吞噬土地，为了生存不断地乱砍滥伐猴面包树。然而恰恰是猴面包树给当地贫穷的生活带来了生机，旅游业的发展也给马达加斯加的经济注入了活力。如果不是全副武装的军人随车同行，沿路的男人与女人，老幼病残会"呼啦"一下围上来，乞讨和叫卖商品，甚至发生过抢劫。景区有固定的商业摊点出售旅游纪念品。虽然生存环境恶劣残酷，但它们仍然以很强劲的方式融进了周围的自然风貌和人们的生活之中，使其能够在人类与自然千百年来的繁衍生息与演变、环境与战争，以及许多不可预知的因素下，还能够艰难顽强地保持着与天地、与人类共存。猴面包树承载着人类的记忆被保存了下来，并被授予人类应该如何与大自然和谐共处，以及环境保护之意义的世界遗产项目。

在空旷和荒凉的树景间，近百人变得如此渺小，像沙粒零星点缀在猴面包树林中。我和优秀的翻译雅璐驻足倾听随行的专业环境保护专家的讲解。眼前近千年的猴面包树栖息地，似偌大的废墟场，也似无边的戈壁，场景很宏伟，在向远方铺陈。散落其间的猴面包树，其鲜活孤寂的生命神态让观者动容。

马达加斯加猴面包树K线观光近百人参加，就我一个中国人。一大早五点多出发，从船上赶往机场，包机前往目的地。马达加斯加没有大型巴士，下了飞机，前往目的地的旅途中，近百人分乘六辆中巴，在尘土飞扬的棕黄色土路上颠簸前进。街上两侧的房屋就是用茅草搭成的棚子，到处聚集着吵吵闹闹的孩子。我的右手紧紧抓住车扶手，稍不留神，屁股就要离开座位坐到地上。偶然一回头，他就坐在最后一排，斜对着我。他满头是汗，手里握着一个手帕，不时地压低嗓音干呕一声，睿智的双眼脱离了镜片的束缚看着我，他个子很高、面容镇定从容的妻子坐在他的身后。我发现他们夫妻俩经常是前后座，并不总是挨着坐，似乎保持着很独立的姿态，互不干扰，妻子的关心好像很有克制，这种克制、理智、豁达，是现代文明社会对人的尊重，即使是病残的丈夫。有工作人员帮助他搬运扶椅，她只是偶尔靠近扶住他，从来不紧跟在他身旁，而是让他自己照顾自己，相互留有自尊的空间。他紧跟着团队，却似无形无声无息。当我们的灵魂沉浸在天地间，对大自然带来的震撼产生呼应时，你的视线里从来看不见他，你不知道他在哪里，他以他自己的方式在漫游着，感应着万事万物。也就是说，他从来没有惊动任何人，他在独立的空间里完成他对世界的认知。对于智者，疾病给他的肉体带来了痛苦折磨，但是在内心在精神上，他可以从生命的深层意义上认识疾病，接受疾病，抛弃疾病带来的消极影响，在积极的意义上重新看待它，把它看成是自己身体内新的组成部分，焕发出自身对生命对生活的新的诠释。

每个人都会遭遇艰难困苦，如果我们能够从积极的视角看，也能够改变我们的思维和惯性，将我们带到我们不曾想过的另一个境界里，活出真正的有意义的自我。

再一次遇见他是马丘比丘两天游线路。

在印加语中，马丘比丘的意思是"古老的山巅"。

马丘比丘是原生态石头的大舞台，它还是石头的迷宫。

据专家考证，马丘比丘是古印加帝国遗址，古印加帝国是南美大陆最后、也是版图最大的帝国。1440年左右由印加统治者帕查库蒂建立，后被西班牙所灭。西班牙军队在秘鲁北部安第斯山脉中，成功地征服了第十三代帝王阿塔瓦尔帕，1532年11月16日印加帝国灭亡。可能因为地势险要，它没有被西班牙人发现。四百年间，马丘比丘与世隔绝，在库斯科的深山里，不为人知。1911年，美国探险家、考古学家和历史学家宾汉姆在寻找民间传说中"消失的印加城市"时，因走错路偶然在荒山蔓草间发现了它——马丘比丘，一座古印加文明石砌建筑，一座和"城市"布局完美结合并弥漫着神秘气息的空中城市，从而引起世界关注。

"马丘比丘并非城市，也不是一般的居住区或休闲场所，因为它非常隐蔽，交通极不方便，昔日仅有一条翻山越岭的秘密小路，根据它的环境分析，马丘比丘应当是印加王室或贵族为自己保留的一处'世外桃源'，作为祭祀太阳神的圣地或逃避战乱的避难所，二者兼顾的可能性更大一些。这个世外桃源围绕着一个中心绿地建造了约二百幢不同类型的建筑物，包括供奉神祇的庙宇、手工业生产用房和居住建筑。此外，南侧还有为本区服务的大片农田。"专家说。

据估算，在马丘比丘居住的人数在高峰时也不过几百人，而在没有贵族来访的雨季就更少了。

据考古证明，印加古国没有文字。印加人的宗教信仰是太阳崇拜。他们自称是太阳的子孙，甚至把城市修建在高高的山巅上也是为了更接近太阳。太阳崇拜是整个马丘比丘的灵魂。在印加人的城市中都建有一个神圣的日晷仪，用来标明太阳的运行情况，以便象征性地捆住太阳，防止它坠落。在马丘比丘的中心处有一个"拴日石"，资料显示，在马丘比丘生活区的最高处。马丘比丘的拴日石和祭坛结合在一处，是直接用山顶的岩石刻成高约两米的长方形大石盘，石盘上有刻度，盘中心有一个突出的石桩，石桩随着太阳的运行在盘上投下阴影，指明一天的时间。印加人通过它来确定季节，被认为是"印加人的万历钟或万年历，印加人希望这块石头可以把太阳留下来"。

马丘比丘还有几个重要的景点分别是：主神庙和祭祀广场；而太阳神庙、皇陵、水神庙和王宫是另一组完整的建筑群，以及手工业作坊和居住用房。

我们在一高处瞭望台下面仔细观看了一处民宅，承重墙都是用不规则的石头砌成的，房顶是木架，铺着厚厚的茅草。

马丘比丘城内有神庙、王宫、堡垒、民宅；还有街道、广场等建筑，水利设施一应俱全。它们由纵横其间的台阶连接起来，有的石阶多达一百六十层。这些建筑全部用大块花岗岩砌成。因被遗忘在高山丛林中数百年，至今一切还保留着当初的模样。

导游说，印加人认为不该从大地上切削石料，因此从周围寻找分散的石块来建造城市。一些石头建筑连灰泥都没有使用，完全靠精确的切割堆砌来完成。

为保护古迹，秘鲁政府部门和环保团体几年前制定政策开始限制游客的数量，除去旺季平时来此观光的游客并不多。

抬头仰望，马丘比丘的遗址建筑和农业梯田都是缓坡阶梯状的。一层一层错落有致，层层叠叠约上百个。其次是一排又一排环绕阶梯所建印加传统风格的石墙，规则形状，有精湛的接缝技巧，导游说，石块之间结合紧密，不用任何黏合材料，全是石匠们使用简单工具拼接垒筑而成。墙上石块和石块之间的缝隙连匕首都无法插进去，让人简直无法理解印加人究竟是如何把它们拼接在一起的。

几个世纪以来，这里发生过多次地震和山洪，而雄伟的古城却安然无恙，丝毫未损。

导游说，建筑用的庞大数量的石块究竟是如何搬运上去的至今仍是个谜。据说是成千上万的工人推着石块爬上斜坡。

导游带领我们穿梭在石头的迷宫中。向上仰望，向下探寻古印加文明的神圣遗址。我的腿渐渐有些吃力，这些巨石，压得我快走不动了。我和翻译在告别神山之际，脱去鞋子和背包，然后仰卧在绿草丛中，久久地凝视天空，各自在心里默默说着祈愿的话。但是忘记跪拜一下，就像随后的一位日本老人，跪拜之余，双手合十，喃喃自语。

他们夫妇参加这一线路，我很诧异。这次航班更早，凌晨两点半集合出发。他如期而至，倔强的头颅依旧向上仰着，驼着背步履蹒跚地推着扶椅，脸上的肌肉线条柔和，闪光的眼睛，衬托出顽强的生命力。

一路上山势层层叠叠，起起伏伏，很费体力。一转眼，他又不见了。

一路同行，我没有见过他懊恼、自卑、沮丧，没有见过他发脾气，他在所有场合都是士大夫气质，温文尔雅、心智敏睿，他用言语，用行动让我对他敬佩不已。

马丘比丘旅游的小火车绝不拖延，非常准时。它绅士般优雅地经过车厢两旁的自然美景、山川河流和印加时期的古迹梯田，像西餐厅正式用餐的程序，上一道道精致的甜品和饮料。我和日语翻译与日本夫妻共坐一桌，他的脸几乎斜横在桌面上来交谈，看样子他谈兴很高。我问他为什么船上有许多日本人都会弹奏"尤克里里"乐器？没等他回答，我接着说，你对生活的乐观态度和坚忍的精神，以及你们夫妻间的平等默契很让我感动。他微微一笑，锐利的目光闪射出柔和的神情，说，尤克里里乐器是从美国夏威夷传到日本的。因为易学，便于携带和价格低廉而在日本广泛普及。他的语音轻快，他直言说，这个乐器学起来容易，但是时间久一些，放弃得也很快。这个话题他似乎很乐意回答，但是第二个问话他遗忘般地避开了。他的专注度似乎回到了吃的方面。小火车上发放的零食很对他的胃口。由于他脊柱弯曲，手和嘴及脸之间的协调很难，他侧着脸对我们说，对不起，我的吃相很难看啊。随后他们夫妻两人问起了我的职业，说独自一人参加环旅是很勇敢之类的，问我下一次北半球还去不去？我回答说，不去。他接着问，为什么？是没有钱吗？这么直接的问话让我有些吃惊，索性我也直截了当地回答说，是的，有经济条件的限制。他低着头没有作声。不久，他起身去洗手间，我们站起来给他让路，他直视着我问，会喝酒吗？我说，不会。他说，喝酒多好啊，我出来这两天，开始想念船上的"居酒屋"了。你会喝酒的话，回去我请你们。谈起喝酒，很显然他兴致又高涨起来。

从洗手间回来坐下后，他开始建议一起玩文字游戏。他拿出纸和笔，细声慢语地说出要求，然后扭转着身体，侧脸在纸上一笔一画地写出了歪歪扭扭的一个笔画很多很难写的繁体"塞"字，日本人写汉字，基本上都是工工整整的繁体字，写得像书法，相对于写简体字的我来说，我真的感到很惭愧。隋唐时期，擅于学习别人长处弥补自己不足的大和民族多次派出以皇太子为首的遣使团来华学习，又恳请鉴真大师东渡日本等等，现在京都和奈良都有保存完好的唐代建筑和与中国文化传承相关的历史遗存，从中可以一窥隋唐建筑和文化的遗韵和精华。哪怕

只是路边一个名不见经传有历史痕迹的小石碑，都被细心看护。看到
"塞"字，我和翻译说："塞翁失马，焉知非福。"他点点头，又写了一个
"泰"，泰然自若，泰然处之。我发现他很了解中国文化，就问他其中缘
由，他却顾左右而言他了，不知他为何不愿多讲。他妻子从旁介绍说，
他大学学的是政治学专业，后来自己开了一家公司。我接着问，下次还
去北半球吗？他妻子开玩笑地说，不去了，不去了，在船上我们俩经常
吵架。一吵架，他就会不断地说，我要回家，我要回家。吵着吵着又和
好了。

　　回到船上不久举行了海上运动会，他又一次闯进我的视线，成为我
注目的焦点。
　　海上运动会是这次航程中船上举行的重大活动之一。日文翻译成中
文全称为"洋上大运动会"。船内报纸分别用日文、英文和中文刊登了副
标题：跨洋　手牵手　心连心。本次运动会的主题是不分国籍、年龄、性
别和文化差异的"跨时代的文化交流活动"。全体日本游客按出生年月分
为红队、蓝队、黄队、白队四个队。北京团分到红队，上海团分到蓝队。
　　每个队各选出一位队长，自愿报名，四个队选出来的队长都是年轻
人。其中蓝队队长是一位三十岁左右的女子，曾在新年歌会上演唱过歌
剧选段。嗓音嘹亮，相貌清秀温柔，聪明大方，据说为蓝队争取人气很
能跟人拼酒，她看上去年龄略大。无论是在运动会仪式上，还是在蓝队
的组织助威声中，你都会听见她竭尽全力的专注和努力，声嘶力竭地呐
喊，巾帼不让须眉，最后，她率领蓝队夺冠。兴奋的泪水，激动的相
拥，获胜的刹那间，她脚底像有弹簧弹起似的疯狂跃起，握紧双拳双臂

挥舞，这些镜头把一位日本现代女性的性格淋漓尽致地表现出来。

各队根据各自团队的颜色，对应四方守护神——青龙、朱雀、白虎、玄武(黑龟)。据资料记载，在日本高松冢古坟壁画上，除有唐装男子和女子画像外，尚有作为四方守护神的青龙、朱雀、白虎、玄武(黑龟)图画。这或许说明在日本也有对"四象"的崇尚传统，我没有查具体资料。

蓝队——青龙，红队——朱雀，白队——白虎，黄队——玄武。

中国古代神话就有东苍龙、西白虎、南朱雀、北玄武"四象"之说。中国神话中的四方之神灵，分别代表东、西、南、北四个方向，源于中国远古的星宿信仰。资料记载，四神在中国古代行军布阵就有"前朱雀后玄武，左青龙右白虎"。青龙、白虎、朱雀、玄武还分别代表了四方的二十八星宿，在中国出土的古墓中，经常会看到按照"四象"的风水排列顺序。

不知道"四象"在日本是怎么解读的？

因为在运动会上，红蓝黄白四个队在很短的时间里，自筹自做了各自队里的服装和标志性图案。红队的造型是一只双翼凌空飞翔的大红鸟，红色的底，用点缀的深色和浅黄色斑点来衬托双翼的飞翔动态，纯红的鸟冠。蓝队是夸张的龙的造型，上面绘制中日国旗，象征两国友好。黄队是满嘴獠牙巨齿的巨兽头图。白队是一条白色的大鱼好像是鲸鱼在大海里遨游。每个队的图案都寓意美好吉祥。

运动会的仪式和程序庄重而热烈。每个队在队长的带领下，显示出团结的力量，不分年老体弱，不分年龄，全体乘客全部按时出席，让人感慨。

运动会那天，我站在蓝队活动区域，突然，我看见那个日本男子在工作人员的引领下推着扶椅从我们面前经过，他妻子没有出现在身边，他穿着红衬衣，走向红队，融入红色之中。接着排队时，我又发现他的妻子原来和我同在蓝队。因为语言不通，我们的交流只能靠手势和夸张的表情，她善意地拉着我的胳膊，示意我站队的位置。八百多人聚集在有限的空间里，这有限的空间里盛满了呐喊声、助威声、笑语声，欢声雷动，沁人心脾。慢慢地，场地中央主会场的节目表演进入我的视线，我跑到楼上甲板全神贯注地拍照，再没有看见他。但我确信他一定在某个地方，站在精神的制高点上，他参加了他"人生运动会"所有的项目。他把病痛踩在脚下，他奔跑，他跳跃，他投球，他跳绳，他拔河……这一切胜利都来源于他的精神，取决于他内心勇敢坚忍的意志力。他洞察这一切，他明白疾病的磨难使他得到了前所未有的羁绊解脱和自由，刺目的阳光驱走了身体上病痛的折磨。他在小火车上曾对我说他喜欢喝酒，喜欢船上的"居酒屋"，他是那里的常客，小酌一杯，和朋友们把酒言欢，酒在他的心灵空间释放着愉悦，释放着他诗意的沉醉。我想象着他一定不是豪饮，他的心智有控制力，有可能他双唇抵酒，细细品味，那种满足已经大大超越了酒精的纯度，喝酒的形式里面蕴含了他一种生命的质地和他所理解的生活的含义。这次南半球环球之旅，那种大自然的壮美，有时语言难以描述。他沐浴在大自然的洗礼中，心灵如果得到安宁，他心足矣。

旅行结束的前几天，意料之外也是情理之中的事，我读到船报采访一位乘客的有关内容。乘客是不是他已无关紧要。从报纸上得知这位乘客二十六年前不幸遭遇车祸，致残。他想在有生之年推着扶椅到世界各地旅游，当死神来临时，他要让自己的一生没有遗憾。

是啊，人生的命运有时如大自然般变化万端，只有身临其境才有切身的体会和生命的感悟。

自己此行的目的又何尝不是如此呢？

超然物外，他做到了。

瓦尔帕莱索■

　　圣地亚哥是被高墙囚禁的城市，而瓦尔帕莱索向茫茫无际的大海，向市廛的喧闹，向儿童的眼睛敞开自己的大门。

——聂鲁达

　　既然来到南美洲，我要看见这样一座城市，朝着它指的方向，见识南美洲艺术灵魂的所在。

　　我是匆匆过客，偶然闯进来的。因为在瓦尔帕莱索只有半天时间，但是我对瓦尔帕莱索充满了未知的期待。当时首选去参观诺贝尔文学奖获得者诗人聂鲁达的故居。后被告知当天故居有可能闭馆，而且在这个陌生的城市，交通十分不便，出租车费用昂贵。之前，在阿根廷的旅行中，已经多次领教了出租车的蛮横无理。

　　南美男人不仅仅是外貌粗犷、彪悍，并且性格亦然。这是我的印象。比如：足球。我对足球是外行，但是在儿子兴趣的影响下，慢慢地，我也跟着他看眼世界杯。虽然仅仅是几眼扫描，但是慢慢地，我也喜欢南美足球了。南美足球充满了力量、精湛的技术和运动的美。我不懂足球，但我很喜欢看罗纳尔多技巧十足的"剪刀步"；很喜欢看当年英俊少年梅西激情四射的足球光芒；还有那位长发拳曲，大步流星，在闪右晃魔术般步伐的罗纳尔迪尼奥。他们演绎的南美足球，连我这个足球外行也赞叹不已。南美人这种节奏韵律的天赋，恐怕是血液里与生俱来的。南美还有一种高贵、狂野、奔放、韵律十足的舞步——阿根廷探戈。恐怕其他民族演绎和模仿的舞步总是缺少了些神韵。舞者伴随踢踏节奏，表情冷厉、麻木，舞者双方对视的默契中，目光点缀着些许忧郁。但是，舞者那随心而动的舞姿，内里蕴含的激情和爆发力，让观者深深为之陶醉。足球和探戈，是南美比较具有代表性的两种特征。

但是，南美出租车司机却将我的美感捏碎。

在阿根廷，每次靠港外出，等候在港口的出租车司机们蜂拥而上。破旧的出租车，不修边幅的司机。虽然佩戴正规行业的证牌，但是江湖气很重，和善中暗藏狡诈。我们屡屡上当，而且是团伙组织，街头巷尾几乎没有警察。有一次夜晚从机场去酒店的路上，出租车计价表上面的数字，仿佛是舞者不知疲倦的旋转舞步，不停地跳动，惊呆我们，让我们昏沉欲睡的双眼不得不保持清醒。同样，白天的出租车司机照样敲诈勒索，他们狡辩中，耸耸肩，撇撇嘴，摊开双手，很无奈的样子，以前在我看来很正常的举止，现在就是无赖相了。

在瓦尔帕莱索，我要彻底与出租车绝缘。

这是个阳光灿烂的上午。时间随着犹豫过得很快，我低头扫了眼手表，已经快十点了，我的脚步不能停滞不前。我把手放在胸前，思来想去，最后决定让自己自由自在，放松精神，在瓦尔帕莱索的街道随心行走。

瓦尔帕莱索是座山城。山海相连，城市依山傍海。出了港口，就是主要街道。脏乱，到处有尿渍，时而闻到秽物的气味，过往的行人和破败的市容散发着城市贫穷的讯息。走在瓦尔帕莱索的街上，丝毫看不出这座城市的特色。但是这种贫穷掩饰不住南美人血液里涌动的激情和生活的品质。穿过商业区和塑有雕像的广场，才逐渐发现广场周围是一些重要的市政场所，边缘也有一些小摊贩。广场上的雕像和其他南美城市的风格类似，动感十足，无论是人物还是坐骑，无不展示出南美人的激情和力量，细腻的面部肌肉线条，棱角分明，气势凌空飞翔。每每看到广场中央的雕塑铜像，素材都是与名垂史册的人、英雄、战马、宝刀有关。我一看见英雄坐骑的雕像，就会想到那幅气势磅礴的《拿破仑穿越阿尔卑斯山》油画，雄浑、壮烈，骏马腾空而起，一股英雄气概扑面而来。那幅油画在北京展出的时候，我去了两次。一次是自己去的，另一次是带儿子去的。凡是在北京的重要画展、博物馆藏展和原汁原味的戏剧、戏曲演出，在儿子十几年的成长过程中，他几乎没有错过一次。作为母亲，有着在别的家长看来无法理解的荒唐举动。我甚至为儿子跟老师请下午一堂课的假，为的是在美术馆闭馆前观看展览。

但是在南美一路上看得多了，市中心广场的雕塑总有雷同的感觉。

我停下来，避开车辆行驶的马路，望着紧挨着街道的山脊与五颜六色建筑混合在一起的小路，闪身走了进去。

小马路是石板路。路两边是欧式圆柱体古典建筑群，石头地基高出地面许多，外墙石头表面，构造精巧，空间很大，采光充足。建筑物正面的圆形柱体沐浴在阳光之下，强大的光影力量投射在整个建筑物间隙间，气势庄重、恢宏。我走上台阶，阳光在木门上隐隐反射出深色的暗影，我忍不住用双手轻轻拍打高大厚实的木门，门上铆着铜钉铜把手，它们像是储存漫长历史记忆的储藏罐在述说着古今往事。

聂鲁达曾说，瓦尔帕莱索是神秘的。他曾经拜访当地的一位探险家。轩敞宅子里只有垂垂老矣的探险家和一位老女仆。家里摆放着复制的海神躯体雕像，充满敌意的蒙着豹皮的木盾，波利尼西亚人干枯的头发，张牙舞爪的牙齿项链等灵怪的物品。走出房门，聂鲁达还继续问邻居，瓦尔帕莱索还有什么怪人。邻居告诉他，还有一位总是坐四轮马车的堂巴托洛梅先生。几小时后，他在一家水果店买苹果时偶遇从四轮马车上下来的堂巴托洛梅先生。堂巴托洛梅先生是来买苹果的，肩上有一只纯绿鹦鹉，穿着黑色衣服的堂巴托洛梅先生又从斗篷里抽出一把随身带来的古剑递给他看。聂鲁达形容那把古剑又长又尖，剑柄是手艺高超的银匠加工制作的，像一朵盛开的玫瑰花。

这真是像探险一样的神奇人物故事。聂鲁达的描述让我们可以窥见南美文化魔幻现实的一隅。

由于南美洲曾长期处于西班牙、葡萄牙的殖民统治下，所以经过长时间的沉积，形成了由非洲黑人、古印第安人、欧洲人和混血人种糅杂在一起以拉丁文化为主的南美文化。所有保留下来的原住民的传统文化，包括它的宗教、图腾、巫术、神灵传说和古希腊、古罗马的西方文明融合成一种具有鲜明特征的文化血液流淌在南美人的现代生活之中。

我漫步在瓦尔帕莱索的街头。欧式建筑物后面，鹅卵石铺就地面的小巷和房屋，古朴狭窄，纵横弯曲，层层叠叠，沿山而建。

一条条通衢陡坡小道两旁的房屋，看上去很旧，似乎既是怀旧的，又是沉浸于历史之中的真实物体，更像是抽象和象征意味的艺术品。那绚丽多姿的色彩，就像置身在一座花园里。虽然房屋很密集，但是都很规整的形状，总是有或大或小的庭院空间分割开来，衢巷相通。有的是独栋几何形房屋，窗台上摆满了不知名的植物和鲜花，院子里有枝叶繁茂的果树，还有那木栅栏上爬满青绿的枝藤。走着走着，突然间，我被墙壁上街巷上房屋上随处可见的各种涂鸦绘画震惊了，这股浓烈的艺术感染力瞬间将我的心攫住。仿佛刹那间，聂鲁达字里行间描写的神秘的瓦尔帕莱索那把一探南美究竟的钥匙，就握在手中了。几乎每个房屋墙壁街巷上面都有涂鸦，它们的颜色和构图与周围空间搭配得很协调。有的画面是一些怪诞夸张的艺术形式与一种激进的表达方式相结合。有的像是神话中的人和城堡，连陡峭的台阶都是五颜六色，形成了一条条自下而上或是从上往下的彩色条纹。如果逆光向上望，那些红黄蓝绿紫等色彩，织成了美妙的天梯般悬挂在山上。天梯旁的窗户下，横躺着一颗美丽女郎的头颅，两股黑色的发辫像蛇形弯曲盘绕倒立在头顶，细细的脖颈与窗户相连。还有一幅黑体绿边的怪兽，长着多条腿，一排夸张的牙齿似在大笑，怪兽前面是一个几何形状变形的人体组合。我很想弄明白这些艺术灵感从何而来，是什么启示。

从房屋的墙、门，这些涂鸦绘画就像彩色的丝织锦和壁画，画满了大街小巷的空白处。南美人把自己的日常生活和他们文化背景下孕育出来的艺术天赋融合在一起，汇成了一种艺术化的生活，即使是贫穷的生活。这些带着魔幻的色彩和造型的涂鸦，不，是绘画，突破常规，作品展现出丰沛的艺术想象力，像是梦的色彩，它们是我南美之行中，最具艺术感染力，最有诗意，最打动我心的地方。在我眼里，这是南美的魂。

瓦尔帕莱索，是一座生动的彩色的城市。是一座面向大海与大海相连的城市，是南美精神的象征。是一座带有魔幻想象力的艺术城市。也是诗人聂鲁达眼中神秘的城市。

不虚此行。

　　船要出港了。我急忙跑上甲板，以前的出港仪式我从未在意过。这次我早早地倚在船栏边，双手交叉紧握在胸前，然后再张开双手把近视镜使劲往里推，眯起眼睛聚焦到最佳点，最后环望山城，呼吸夏日傍晚微凉的风，细细品察它倾斜而下的彩色轮廓，陶醉其中。时值傍晚，岸边不时涌来阵阵白色排浪。远处云海霞光万道，瓦尔帕莱索色彩斑斓，身披绚丽的晚霞，这在我心底留下了永不磨灭的身影。

　　那时刻，心潮起伏。1943年，聂鲁达游历了秘鲁的马丘比丘，并创作长诗《马丘比丘高峰》。这首长诗被认为是聂鲁达诗作的最高峰。在此，以他的诗句，和瓦尔帕莱索和聂鲁达道别。

　　　从空旷到空旷，好像一张未捕物的网，
　　　我行走在街道和大气层之间，
　　　秋天降临，树叶宛如坚挺的硬币，
　　　来到此地而后又别离。
　　　在春天和麦穗之间，
　　　像在一只掉落在地上的手套里面，
　　　那最深情的爱给予我们的，
　　　仿佛一钩弯长的月亮。
　　　…………
　　　给我把所有这些物体黏住，就好像磁石一般。
　　　凭借我的血管和我的嘴。
　　　通过我的语言和我的血说话。

库斯科古城■

你知道库斯科吗？

库斯科于我，就像是一本未打开的书。它神秘厚重，它的历史、宗教和文化，它的古城建筑遗迹，以及古印加文明和西班牙殖民者所带来的西方文明的融合，谜一样吸引了我。

库斯科位于秘鲁南部，被称作"石头城"。曾是古印加王国的首都，是当时政治、经济、文化及宗教中心。

秘鲁地形种类多样。纬度从赤道附近到南纬18度左右，被称为世界第一流域面积的亚马孙河就发源于秘鲁。既有干燥的沙漠地带，也有海拔六千米左右的安第斯山脉和亚马孙流域的热带雨林地区。

1533年，西班牙殖民者攻占了库斯科。

1822年，库斯科建省。

1670年开始，西班牙殖民者重建库斯科，建筑物以巴洛克风格为主。

1983年，库斯科被列为联合国教科文组织世界遗产——文化和自然双遗称号。评语是：

库斯科古城位于秘鲁的安第斯山脉，在印加统治者帕查库蒂之下发展成为一个复杂的城市的中心，具有独特的宗教和行政的职能。古城的四周是清晰可见的农业、手工业和工业区。16世纪被西班牙人占领。但值得庆幸的是，入侵者保留了原有的建筑，但同时又在这衰落的印第安城内建造了巴洛克风格的教堂和宫殿。

我们乘坐包机，前往库斯科。

我们的行程是先去参观郊外的萨克萨瓦曼圆形古堡遗迹，之后去马丘比丘，最后进入库斯科古城。

我们到达的那天，古城之上，是湛蓝的天空和像雪山一样壮丽连绵的云絮。湛蓝的天空下，层峦叠嶂间，是空旷寂静的萨克萨瓦曼圆形古堡，云絮停在它的周围，把它覆盖了。

环绕它的，是一片片葱茏翠绿的草地、树木。脚下的小草还带着晨露。远远望去，是层次分明用巨石垒砌的一排排石墙。

只有当自己身临其境时，才有比较，才能感受到与层峦叠翠立体感十足的马丘比丘的宏伟壮观相比，萨克萨瓦曼圆形古堡遗址显得平面些。我看资料介绍萨克萨瓦曼圆形古堡说："萨克萨瓦曼圆形古堡距离库斯科古城一点五公里，是举行'太阳祭'的地方。它又是古代印第安人最伟大的工程之一，是俯瞰全城的巨大防御系统，建在一个小山丘上。从上至下有三层围墙，每一层高达十八米，长五百四十米，均用巨石垒砌而成。古堡高处有三座塔，上塔是圆柱体，塔内有温泉。古堡下层台阶用石板铺成，长达八百米。古堡地下有用石头砌成的网状地道，它和三层塔楼相通。古堡最高处是由三座塔楼围起来的一个非常整齐的三角形，圆柱体主塔基层呈放射状。其他两座塔呈正方形，是驻军之处。据说其主堡是由印加王帕查库蒂于15世纪70年代动工修建的，持续了五十多年，直到西班牙殖民者入侵还未竣工。这里也是印加王的行宫。这一宏伟壮观的建筑群显示了印加帝国的强大，从建筑艺术上说，其结构新颖而复杂，建筑庞大而坚固，是美洲古代印第安人最伟大的建筑之一。"

而我眼前的萨克萨瓦曼圆形古堡，在一片翠绿的树木草地的掩映下，一片废墟上的古堡带着历史的苍凉感静静地伫立在大地上，释放出一股古老沧桑的神秘气息。我们距离前面一整排石头墙约有百米，不规则的大石头也是一块一块垒砌起来，发出令人震慑的力量。大石头体积巨大，想当年如何运输真成了难解的谜团。大石头墙虽然气势颇为壮观，但真是没有资料所描述的宏伟。因为资料上描述的那些圆柱体、温泉、石板铺成的台阶等真正的遗址，我们都未见到。原因只能是由于时间关系，我们未到达真正的全方位的遗址。

很遗憾，我们只是远望，而不是近观。

我们拾级而上，来到库斯科古城。太阳金色的光芒漫射在古城的石板路上，通透、闪亮。一眼望去，神清气爽，心中顿时荡漾起一种难以言说的愉悦和庄严之感。那种愉悦和庄严之感像和煦的风吹动着你快步往前走，或者说是吹动着你的灵魂往前走。

有人形容库斯科的街道是"印加棋盘式街道布局"。也有评论说："数量众多的狭窄的石板街道在印加泥瓦建筑的两个城墙间蜿蜒，就像石头走廊。"

瓦尔帕莱索

马丘比丘

马丘比丘

说得非常准确形象。古印加帝国时期，库斯科的城镇是用巨大的石头建成的。狭窄的斜坡和建筑凸显石头的美和力量，大自然的原材料——石头，把自己原始的力量和美融入古城的建筑之中，给游人以视觉上的强烈震撼。

联合国的评语特别强调了，西班牙殖民者保持了库斯科古城原有建筑的基础，并在此基础上重建。

这座古城的地势是坡缓丘形，房屋、道路依势而建。顺着坡势在高处眺望远方，你能够感受到古城地形的蜿蜒，你能够从多角度欣赏到古城的意韵。全城都是"世界遗产"建筑，库斯科古城的街道、宫殿、庙宇和房屋建筑至今仍保存完好。古迹庭院、鹅卵石铺就的石板路，规规整整，还有许多严丝合缝的古石墙，至今已经几百年了。

从高台上一眼望去，满眼都是砖红色。古城建筑的特征之一是砖红色的瓦片穹顶。那片砖红色的瓦片穹顶铺天盖地密集地笼罩在古印加遗址带有缓坡的村落上。看上去就像一幅自然风景画，其中许多石头房基还是古印加帝国的遗物。

在蜿蜒的小山城的脚下，首先映入眼帘的是一块平坦的区域。这里好像是一个建筑集合区，它是库斯科古印加文化遗迹的主要街区，称作"武器广场"。武器广场正中是秘鲁民族英雄、拉丁美洲民族解放运动的先驱图帕克·阿马鲁二世直立的全身雕像。雕像呈站姿，他身穿古印加传统服饰，身披长袍，头戴象征酋长威严的王冠，右手持像武器一样的酋长仪仗，左手向前伸展，右脚向前踏出，喷泉涌动着，在配着带有动物雕塑底座的喷泉上，尤显庄严，这里是库斯科具有标志性的地理坐

标。广场四周则环绕着西班牙式建筑和天主教堂。专家说："广场东北是
建在高耸的金字塔顶的太阳神庙、月亮神庙和星神庙。左右对峙的蛇神
殿和太阳女神大厦的墙壁遗迹位于广场东南。"在它的左右两边，有四通
八达的小巷，通向周围一片片的街区。周围建筑大都带有拱廊和挑廊。
据介绍每年传统的祭祀活动也在广场上举行。武器广场的后面是巴洛克
式建筑风格的库斯科大教堂。它是在西班牙人占领后，在原古印加王国
神殿旧址上建造起来的。据说是用萨克萨瓦曼的石头历时近百年才建
成。相比之下，西班牙本国巴塞罗那的圣家族大教堂历经一百二十年至
今还未完成呢。

　　我们参观了广场东北角的太阳神庙遗址。实际上，应该称它为"圣
多明戈修道院"。

　　研究马丘比丘的专家说："太阳神庙是印加帝国最受尊敬的寺庙，供
奉太阳神印蒂。神庙建造于15世纪中期。印加人充分利用地形，把太阳
神庙建在高台上，神庙的西南方向是一片开阔的广场，昔日称之为太阳
广场，神庙的弧形围墙向下延伸与高台的挡土墙结合，气势雄伟，印加
时期把这个弧形围墙称为'太阳鼓'，弧形围墙下部向外扩大，上部向内
收分，造型稳定，围墙下部用较大的石材，上部逐渐改用较小的石材，
'太阳鼓'石墙使我们领略到昔日印加帝国的建筑水平。1534年西班牙
入侵者弗朗西斯科·皮萨罗在瓜分库斯科的财产时，将太阳神庙送给他
的弟弟胡安·皮萨罗，胡安又将太阳神庙转赠给天主教圣多明戈教会。
库斯科的教会主教弗赖·比森特·巴尔韦德在太阳神庙的基础上建造了
圣多明戈修道院和教堂。"

　　据说，印加人的太阳神庙被称为"克里干查"，意思是黄金花园，印

加人在里面修建了他们信奉的五种天象神庙，它们是：太阳神庙、月亮神庙、星星神庙、雷电神庙、彩虹神庙。印加古国最重要的祭奠——"太阳祭"每年6月就在这里举行。

据资料记载："库斯科的太阳神庙现在是遗址，仅存部分外墙废墟。我们看到的石墙，是用不规则但是犹如积木般的大型光滑平整巨石垒成，石头凹凸面咬合紧密，没有一丝一毫的缝隙，显示了印加年代工匠的设计，建造的智慧和高超技能。"

导游说，西班牙殖民者入侵，金箔被掠夺，但是西班牙人并没有全部拆毁印加神庙，保留了基础部分和石材建造的部分神殿，以及"太阳鼓"石墙。他接着说，据说这些神庙的墙壁上都装饰着金箔，昔日太阳神庙内的太阳神殿是用纯金箔片覆盖墙面，月亮神殿则以纯银薄片覆盖墙面，神庙的窗户形状独特，最初也是用金银制成。

太阳神庙的基石很高，我们在下面要仰望它。太阳神庙正面浅棕色石墙上有一个造型独特的十字架；太阳神庙的天主教门是浅棕色木质圆拱形门，一部分外墙刷了白色的石灰粉彰显一种肃穆威严的气势，墙的上部是有十字造型的窗。据说，太阳神庙的门窗和位置都是精确计算过的，祭司可以通过窗上的影子投射到门框的位子来判断日期和安排活动。

虽然这些金箔制品没有完整地保存下来，但是我们走在太阳神庙里，依然能够窥视到当年摄人心魄的艺术魅力。

就像现在，站在印加神庙旧址一个幽暗的角度，地面是古旧斑驳的石块，那种斑驳的颜色有种年代久远的美的烙印。现代的人，有时往往不懂得欣赏古旧斑驳的美，总愿意用新的代替旧的，喜新厌旧。此时，石块上面泛着一束折射的光，那束光是从不远处的拱形小门外投射进来

的柔和的明光，光反射在石板上，就像刷了一层油漆呈现出光亮。近处
的拱形门廊，连接起两侧的石墙壁，聚集起投射来的柔光，和地面的反
光形成重合。它的上面是造型夸张、类似弯曲的凹凸错落的十字形支撑
拱顶纹饰顶，旁边的石墙上挂了一幅金箔制品，金箔的顶端是三角形衔
接正方形，上面绘有各种充满了神秘感的图案：太阳、几何形、人头
像、植物和动物等不解之物。据专家解读说，这幅金箔图画表达的是印
加人对宇宙的认知。它们寓意些什么？这幅古代精致的金箔制品向我们
揭示了古印加文明神秘的一角。

　　它的墙面棱角起伏，有雕刻精美的壁龛。虽然现在太阳神庙里的陈
设、画作、石制品的神器、石头磨具、雕塑等等都是复制品，但是太阳
神庙这些物品无不让人联想到宗教与文化的密切关系和巨大力量。同时
也显示出当时的农业和商贸往来，让库斯科一些宗教场所变得相当富
有，可以看出在当时这些宗教场所是很有影响力的机构。

　　从洞门相通的幽暗内室走出来，是一个四周为拱形围成的正方形、
上下两层巴洛克式的西班牙式天主教庭院——圣多明戈修道院环廊内
院。拱廊轻盈优美，雕饰精细，错落有致，充满节奏感。中间空地上鲜
花盛开，地面铺着大鹅卵石，鲜花环绕着保留至今的印加水池。以它为
中心点，形成三对交叉射线，小道通向九个方向。楼上楼下的每个拱形
围廊间摆放着一盆盆鲜花。庭院二层围廊的顶部是钟塔，钟塔圆形的顶
上是十字架，圆顶像一顶没有宝石的王冠。从下面仰望钟楼，可以看见
里面一对对称的钟悬挂在横梁上。

　　庭院围廊与里面门墙间的过道，铺着深黄色木质地板，从围廊缝隙
间挤进来的明亮的光，衬托出摆放在光影对面的一排装饰物，每个装饰

物都造型独特。有一尊设计的是人神共一原始魔幻的造型，人首兽身两脚踩在像摇椅底座似的两条木条上，双臂展开，双臂下分别挂着一排像小匕首一样的刀子形饰物，古印加原始图腾和神秘的形象。

太阳神庙的外面连着一个"太阳花园"，它是圣多明戈修道院和教堂，与印加太阳神庙结合后修复的。据说花园内充满了黄金雕像——植物、动物和人物，后来这些艺术珍品被西班牙殖民者洗劫一空，这些纯金的艺术品被熔化为金锭，运出秘鲁。

从花园向下俯视，远处地势略低的地方是一片库斯科城区，据说把民居外墙涂上颜色是秘鲁的传统习俗，色彩斑斓的房屋和花草在蜿蜒起伏的山峦间起伏。

古城的建筑基本上都是巴洛克艺术风格。

巴洛克一词最早源于葡萄牙语和西班牙语，后从法语移入英语。意为"怪异的珍珠"。巴洛克建筑和文艺复兴紧密相连，是在文艺复兴基础上发展起来的建筑风格。巴洛克建筑时代大约为17世纪，在意大利为16世纪后期，随着西班牙入侵美洲等地，传播到美洲。

欧洲的建筑风格主要有两种：哥特式和巴洛克式。还有一种主要用于室内装饰的洛可可式。

南美洲曾经长期是西班牙和葡萄牙的殖民地，所以南美很多建筑是巴洛克风格。

虽然我不是专业建筑者，但是三年前我开始对古希腊、古罗马的建筑领域感兴趣，总想分清楚什么是巴洛克风格的建筑。哥特式建筑一般来说，还是有明显的"尖"的设计特征。巴洛克建筑的定义虽然是明确的，但是就具体实物来说，需要多看，否则对于外行人来说，它不是很容易区分的。打个比喻，像印象派绘画，你看得多了，它那种光与影的特殊效果，到时候自然会让你一下子记忆复活。外表上清楚了，理论上还要深入了解它们的具体设计形式。哥特式建筑主要特点是纤细和尖状的，概念上的解释是比较注意空间与光的处理，以及非物质化的艺术表现形式。巴洛克建筑的主要特点和风格是综合了很多艺术表现形式，技术上包括有透视法和错觉法的运用，以及建筑强光与阴影等复杂因素的融合，装饰丰富，雕刻富丽。

追求戏剧性和墙壁的可塑性是巴洛克建筑两个主要的表现核心。那些建筑其实是充分考虑了精美的光与影的艺术效果，巴洛克建筑很强调绘画艺术中暗色调阴影在建筑上的运用。墙面叠加的几何造型装饰图案把建筑和艺术创作巧妙地融合在一起，形象地传达创作者所要体现的内容，几何造型的装饰图案也可以把各种事物串联在一起。

南美一路走来，巴洛克建筑外观正面丰富多样的特点非常突出。穹顶把圆弧、圆球和圆拱这些曲线技术引入到的主要是巴洛克建筑造型中。同时巴洛克建筑物非常注重和城市之间的关联，它的设计者会充分考虑让一座建筑融入城市之中。我在利马市中心看见一座宏伟的巴洛克风格建筑，二三层高，左右两个对称的黑棕色木质"包厢"——挑廊。一对挑廊的设计具有高超的艺术性。它们在二层的墙壁上，很有立体感，整个挑廊凸出来，上面雕刻精巧繁复，既重叠又立体规整，就像是镶嵌在墙壁上的两栋小房子。从下面街道上仰视它，让人由衷赞叹那种"奇形怪状"凉台的轮廓和奔放的艺术想象力，以及与建筑技巧是何等美妙的结合！

后来得知，它就是著名的托雷塔格莱宫。建于1735年，是秘鲁至今保存最完好的殖民地时期的巴洛克建筑。现在是秘鲁外交部办公地，里面珍藏着当年利马总督的马车和珍贵的油画、雕刻。粉色的墙体，棕色的窗子和挑廊，石材雕刻的门廊，和门廊相连接的二层是白色的，仿佛是大理石似的围廊，精雕细琢，令人难忘。

设计师是建筑生命力的缔造者，建筑物是设计师思想语言的表达者，建筑物还是一个城市的结构组成。库斯科的建筑看似简单有趣，实则有很复杂的数学结构原理。库斯科一座座建筑物汇集了那些长方体、立方体、圆柱体、高柱式、彩色拱券、绘画嵌板、小巧的窗，有的就像是儿童垒搭的积木，它们是建筑师反复考量、精雕细刻的结果。我沿着武器广场四周的石头小巷兴冲冲地走来走去，那些西班牙殖民时期的房屋建筑，一排一排地临街而立。其中大部分下面是富丽堂皇的巴洛克建筑圆形拱门廊，上面很多是挑廊和繁复的雕刻。楼梯和穹顶、支撑起墙的垂直拱壁，互相搭配协调出纷繁复杂的样式。墙面的装饰图案和颜色的搭配给人视觉的冲击力是如此的强烈。四周的柱廊里面有开阔的空间，阳光从高处给环绕空间的游廊带来明亮的光影，光与影的效果在沉寂的空间瞬间打动了我。

从武器广场散射出去的小街小巷中，有两条著名的步行道。船上资料说，一个是，Triunfo街步行道圣布拉斯；另一个是，过了横道Palacio后的Hatunrumiyoc街。Hatunrumiyoc街两旁保存着印加时代的古墙。我们在那里看到了最著名的十二边形印加石。整座古墙由一块块切割平整的大石堆垒起来。墙上的石块形状大小不一，但近乎完美地结合，石头之间结合得如此紧密，连一张纸都插不进去。还有一处是由二十多块石头拼出的美洲豹形象的石墙，具有丰富的想象空间。

在库斯科最高的建筑物就是教堂，彩色的玻璃，映照出斑驳多彩的阳光，它代表着一种圣洁的信念，闪耀着来自上帝的灵性之光。巴洛克教堂建筑主要由三部分构成：十字架、椭圆形和八角形。你在教堂里面仰视天花板上的天穹，它清晰明亮的光泽无不表达着与上帝的相通，无时不在诠释着"三位一体"的思想和象征意义。艺术评论家斯坦伯格说，你需要十字架，是因为拉丁语和希腊文中有十字架，它代表了耶稣的身体、教堂的形状和基督教。你需要椭圆形是因为椭圆是圆形的基本体，它是神圣秩序的微观反映……

我们还特意参观了教堂的地下室，也称地窖。是教堂的重要人物或者皇室人员的长眠之地。这些建筑经过数百年的地震、自然灾害，风雨沧桑，依然牢固地挺立在这里，在它面前，我们前来瞻仰和赞叹的是人类精神文明的产物。

库斯科其他房屋建筑只有两到三层。有的空空荡荡，寂静无声，无人无物。但是你会感觉到像有无数的幽灵在走动。

建筑物空间的诗意、自然景观和建筑的交融，从建筑物不同的视角望出去有不同宽敞广阔的效果，这些也都是设计师赋予建筑物生命力的结果。这些充满艺术感染力的建筑作品，是建筑师智慧的结晶。据说在中世纪，建筑还承载了教化的功能。因为那时候，许多人不识字，建筑绘制的图画成了人物和故事的解说词，这也是建筑在现实生活当中所蕴含和诠释的象征意义。

库斯科古城风貌让人感慨万端：一方面，西班牙人以野蛮掠夺的方式占领并且殖民统治了古印加王国；另一方面，西班牙人也带去了西方文明。

幸运的是，西班牙殖民者并没有将库斯科古城建筑全部拆毁，原印加古城的街道大部分被保留，包括现在可以看到的石板路和建筑，以及四通八达、曲径通幽的羊肠小巷和宽巷，原来的茅草屋顶改为砖红色瓦顶，然后把新建的建筑物和古城旧址充分协调并且结合在一起。

古希腊文明是西方文明的源头。哲学、文学、戏剧、科学，等等，无论你是哪一个领域的专业或者是非专业之人，即便是个对艺术感兴趣的普通人，如果你很想从世界范围内的角度来欣赏和探讨各种科学与艺术形式的话，那一定离不开古希腊和古罗马的话题，平时积累一些有关古希腊、古罗马方面的常识性知识和阅读一些经典书籍，起码对于你的旅行必不可少。

很简单的例子。比如：绘画作品。如果你没有阅读过《圣经》和有关古希腊的神话故事，那么往往你的欣赏范围就会有许多缺陷。因为，世界上许多经典的艺术绘画作品，尤其是大型油画，无不是以《圣经》和古希腊神话故事为题材、为背景创作的。或者，当你欣赏一件公元前10世纪的古希腊半人半马陶器，它看上去虽然像个玩具，但是千万不要小瞧它，它身上的绘画所讲述的故事是世界上第一个描绘古希腊神话的艺术品，而且，物件本身也呈现了希腊当时艺术上的走向。

就像眼前的库斯科古城，16世纪至今，古城保存完好。古城的建筑物承载了丰富的社会、政治、历史和宗教文化的深刻内涵，留下了无与伦比的、造福后人的永生的艺术灵魂。

16世纪，正是欧洲文艺复兴艺术与科学繁荣之时，提出"重生之人"的理念，倡导回归到古罗马文明。据说和文艺复兴相关的意大利城市罗马的城市街道布局，至今大部分保持着文艺复兴以来的古城风貌。早期基督教圣彼得大教堂至今保持原貌耸立在梵蒂冈原地，甚至能看到一千多年前的红衣主教、圣人和圣徒的坟墓。

　　史料记载，文艺复兴时期，对于巴洛克风格非常讲究，这种风格充分考虑如何保持设计的连续性，如何将整座城市融为一体，而在其城市中，又具有其代表性，也就是说能让纪念性建筑脱颖而出而又不打破城市这种和谐之美。文艺复兴时期，欧洲在哲学、社会科学等等领域涌现了一大批绝顶聪明的天才。比如：达·芬奇。

　　库斯科大教堂让人再次记起达·芬奇。因为大教堂内最著名的藏品是《最后的晚餐》。当然不是达·芬奇的原画，是后人模仿的创新之作。耶稣和他十二门徒面前的餐桌上摆的是古印加人的佳肴——豚鼠。

　　机缘巧合。如果不是来到库斯科，不是古印加文明和西班牙殖民文化的启迪，不知何时才能与达·芬奇相遇。达·芬奇被称为"史上现代思考之父"。我在一本书中看过达·芬奇画的《维特鲁威人》素描，《维特鲁威人》是关于圆和方这两个概念的几何图形。书中说："几何不是中性的。回归到柏拉图时期，回到比柏拉图更早的毕达哥拉斯时期，几何学以一种可读的、清楚的、可阐释的方式连通了宇宙论的意义。几何不仅仅是对地球上的事物的描述，它还是对天堂形状和结构的描述。"维特鲁威是古罗马时代的建筑师，是他把人体的自然比例应用到建筑的丈量上，并总结出了人体结构的比例规律——黄金比例。古希腊人认为，圆是宇宙的象征，正方形是地球的象征。在欧洲，人们对人体美的赞赏是有传统可回溯的。那些古典风格绘画，无论神话题材，还是现实题材和宗教题材，有很多不仅仅是古典优美的女性人体、神圣的裸体天使，更多的还是一种观念和宗教意义上的象征意味。绘画艺术和建筑，以及数学三者是紧密相连的。人物线条、比例和空间布局，这些都需要数学运算的。所以说，从一幅画，一座建筑，我们往往可以从中了解到绘画与建筑之间的艺术关联，绘画其实是一门非常复杂的艺术门类。

文艺复兴时期的很多画家，他们多才多艺的智慧和天赋，他们无与伦比的艺术创造力，以及后天的勤奋，"唯日孜孜，无敢逸豫"，着实令人赞叹不已。这些天才都对维特鲁威的人体自然比例概念感兴趣，并绘制出许多各自不同的实验性的有关验证黄金比例圆形中的人和方形中的人的绘图。包括达·芬奇的理论和绘图，很引人注目。

当我看到《维特鲁威人》素描，以及这幅素描下面的一段达·芬奇倒着反方向书写的文字时，我才惊讶地了解到达·芬奇不仅是一位伟大的画家，还是一位博学多才的著名科学家。

达·芬奇思想深刻，被称为"文艺复兴时期最完美的代表，人类历史上绝无仅有的全才"。他被后人誉为建筑家、雕塑家、哲学家、音乐家、医学家、生物学家、地理学家和军事工程师。后面还应该有"等等"两字。有评论认为："为了认识人类自身，达·芬奇对人体骨骼、肌肉、关节以及内脏器官进行了精确了解和绘制。达·芬奇在生理解剖学上取得了巨大的成就，被认为是近代生理解剖学的始祖。"可惜他六十七岁就离世了。

据资料介绍：达·芬奇是第一个解释天为什么是蓝色的人。达·芬奇演奏七弦琴的造诣颇高。达·芬奇的手稿《莱斯特律典》，记载了他对水力学以及水运动的研究。达·芬奇对水很钟爱：他构思并设计了浮动雪鞋、用于水下探测的呼吸装置、救生设备，以及一个可以从水下袭击船只的潜水钟。关于为什么新月出现的时候，月亮的整体依然朦胧可见，达·芬奇也给出了解释：月亮的阴面（月球背向太阳的一面）是由从地球反射的光照亮的，这一面看上去比月亮的其他部分明亮五十倍。达·芬奇曾设计了一辆装甲车、一辆带刺刀的战车、一台打桩机、一辆回旋起重机、一个滑车、一辆礁湖挖泥机以及一艘飞船。2000年12月，跳伞运动员爱德里安·尼古拉斯使用按照达芬奇的设计制造的降落伞在南非着陆。达·芬奇在对尸体进行解剖后，用细线代替肌肉以研究它们的运动机制。他在"智慧设计"理论尚未提出之前就将其击败了：他对河流侵蚀的研究使他相信，地球比《圣经》上暗示的还要古老。他还认定，是降低的海平面——而不是挪亚的洪水——在山上留下了海洋生物的化石。

不仅仅是文艺复兴时期的人，比如说毕加索和他的立体派画风。即便我不是画家，不是数学家，我也能从欣赏者角度看出他绘画技巧中包含的几何图形和文艺复兴时期成熟的透视法，以及他绘画中的人体结构与立体构图是多么的科学与准确。因为你运用透视法时你要进行数学计算，要用呈立体感的几何学来构图，要对人体的各个部位如医生般了如指掌，他的立体画你可以从多个角度去欣赏会有不同的感受，每个角度都可看到他如科学家般的严谨解构。毕加索立体派画风的作品展示了他对人体"庖丁解牛"般熟稔，一幅画从多个角度能够呈现很多图解。他对数学，对人体解剖，甚至对心理学一定是涉及很深。画家既要用作品传达出作品的意义和他所要表达的人物思想感情，同时，为了使作品达到近乎完美的程度，还需要具备综合的艺术素养和科学知识。

他们是人类社会发展进步的瑰宝。

古印加和西方两种文明的交融，两种不同宗教和文化的交织和沉淀，在库斯科留下了精美的建筑艺术品，通过这些建筑艺术品，我们可以重温历史进程中两种文明的交融和碰撞。

古城是极安静的。你不知不觉会走入一家庭院，不知不觉会走入一座花园。我在路上经过一家当地的酒店，不仔细看真看不出来。酒店浅蓝色拱廊的门开着，身着制服的侍者推着装着客人旅行箱的推车走出来，里面昏暗，像是古堡幽灵惊魂般感觉。我一脚轻踏入门，生怕惊扰了那些古堡幽灵，这扇门仿佛是梦幻和现实的分界线。里面那原木厚实的桌椅，那不知年代的颜色已经发黑的牛皮椅背，长形桌子上那古旧的像青铜一样的枝叶蜡烛台，古香古色，在朦胧幽光的烛影中，我觉得我坐在了中世纪的古堡里，如果这时候有暴风雨来临，那里面说不定会变得漆黑一片。最好有蜡烛，秉烛慢行，闻着蜡烛的气味，在烛火的幽光下，欣赏着一切，那是何等的美妙啊。

我满怀兴致地在木质台阶上走上走下，轻手轻脚，瞻仰墙壁上保存至今的油画和古堡内的建筑设施。希望从油画中走出来那个时光隧道里的身穿古罗马皱褶裙的人，寻觅古时代的风貌和遗存。

你会发现，有时候的"落后"一词，是相对于某些"发达"而言。我们不远万里来探访和朝拜昔日的古迹，为什么？在这些保存完好的世界遗产中行走，便会发现世界遗产实际上就是打动你心灵的人类文明的精神轨迹。这些珍贵的遗产保留在一些"落后"的地方。现代人往往苦苦寻觅这样的地方。像库斯科的古堡似的酒店，过去与现在，近一千年的古印加文明历史，就在这迈进门槛的瞬间便回到了过去的时光中。沿途南美其他地方的城市也有相似图景，巴士连续五个小时行驶穿行在智利与阿根廷之间的大平原上，目的地是一个不同寻常的小镇，往返十个小时。只有一名司机，中年男子，平和，不苟言笑，身旁放着香烟、饼干和矿泉水。极简的生活方式和工作方式。一望无际，生态相对完好无损，广袤的大平原上褐色的土壤把现代生活掩盖殆尽，零星的房舍在车旁闪过，在大平原上显得如此醒目。大平原上奔驰的野马，悠闲的羊群也不时闪现。一路上眼望着大平原，静默之中常常忘记自己身在何处。

很多当地人都有自己的车。但是像南美的一些小城镇，我发现开私家车的很少。我问过导游是什么原因。他说当地人在长时间的旅途行程中，一般不开私家车。一是路途远，很累；其次是沿途没有一切商业行为，只有在相隔很远的地方有小商店和卫生间。我记得在五个小时的车程里，只有一次停留，另外一次是在边境停留。

这里没有污染，没有喧嚣和嘈杂的城市欲望，我们来这里，就像来到心目中那个适宜的归宿地，暂时逃避我们躲闪不及的城市生活。大平原让你的心很安稳，没有人，没有现代设施，从上午刺目的阳光到下午锋芒收敛变得柔和的云朵和蓝色的天幕，直至接近傍晚的红彤彤的夕阳，这些变化多端的大自然景色让你的眼睛不够用。变幻的光影在大平原上形成一幕幕摄人心魄的图景，慢慢地消失在黑黝黝的夜色之中。我没有感到很"落后"，相反，我觉得他们足够理性和现代。他们在生存的同时，开始关注和保护大自然和人类赖以生存的地球。南美土地上的人们开始从更高标准和层次上思考如何用环保的生活方式来和大自然和谐相处。就像那位司机，长途旅程他一直专心地开车工作，对吃对喝他很节制也很节约。同行的人说，在我们那里，这样的大平原怎么能够白白地闲置着，可能早有人等不及了，他们不知疲劳白天黑夜地开垦、耕种，而且早通上现代化的设施了。有的人会时时刻刻考虑"商机"。南美人难道不明白吗？他们恰恰是要避开现代化的开发来保护生态原貌的环境。他们的环保理念本质上是不闯进原生态区。南美的大平原幸运地没有被太多的人知道，它安详地仰卧在蓝天之下。如果我们用彩色的笔用心地涂抹一下南美大平原，它周围应该用翠绿的森林，或者是金色的田野来衬托。为了进一步改善生存和生活，他们只是打开了一部分旅游地区的窗口，这是在严格保护当地生态的基础上开展的旅游项目。

库斯科武器广场周围的神殿和大小街巷里，你会看到一些当地人身穿传统服装供游客拍照，收取小费；还有身穿传统服装的商贩，他们贩卖的产品大部分是手工制作的，包括食物。还有的当地人在你没有意识到的情况下抓拍你的瞬间形象，做成独特的明信片卖给你，约两美元。我非常乐意接受这种买卖的方式，同行的人中大部分也都买了自己的明信片照片。太阳神庙旁边的小巷口有一位身穿传统服装，梳着两条辫子的老妇人，挎着篮子在卖自制的玉米面椰子粉样的煎卷，我问她多少钱一个，她犹豫着不开口，旁边卖水的小贩替她回答道，一美元一个。我们也不计较价格，况且很合理，我和翻译一人买一个。翻译在车上，分了好几份与大家共享。一种粮食的清香味道从嘴里滑过。我从内心里希望库斯科纯净美好。

行走在库斯科，有以旅游形式存在的商业模式，但是人们都很有节制，或者说他们很淳朴，基本上没听见有叫卖的声音，即便有叫卖的声音都是很小的，他们总是默默地走上前来给你看照片，或者默默地卖东西，绝不会干扰你游览库斯科古城的兴致。他们的言行举止中没有对金钱的贪婪，看不到商业味十足的物欲横流。

　　在库斯科，就我们的目力所能到达之处，在历史文化遗产保护和管理方面，比如在建筑方面，是以尊重旧物为主。新与旧的辩证关系处理得相当理智和果断，也很好地处理了建筑遗产在现代社会中所面临的复杂问题。青色的蓝天，桃粉色巴洛克建筑的墙壁，站在高处俯瞰下面一片一片密集的砖红色屋顶和从中穿过的白色云朵，还有那铁灰色金属光泽般高贵华润的石板路，以及古城安详宁静的生活，所有的这一切勾勒出神圣寂静的古城容颜，希望它永不褪色。

　　怎样在文化特色、建筑物和大自然之间保持一种平衡呢？

　　建筑物无声地耸立在大地上。它们与埋藏在地下的不易为人类发现的宝藏不同，它们既是有生命力和语言的静物，也是更直观的历史文化遗迹。对比现代的生活，它时时提醒人类要克制欲望。某些时候，作为游客，我们往往会被壮阔的大自然所感动所感染。像南美洲，在全世界范围来说，有识之士正在不断地寻找多种多样的方式，甚至用艺术与音乐的形式，来呼吁提高和保护仅存不多的巴塔哥尼亚原生态自然村落。巴塔哥尼亚地区拥有罕见的冰川、冰山、河流与群山，是一块纯净的自然之地和梦想之地。怎样做到既不去惊扰它，又能够让当地人的生活有良好的发展，保持和维护这种平衡可以说是有识之人的明智之举，那么在此基础上的所谓"落后"现状，也正是环保人士和国际社会有意为之而争取下来的环保之举。保持过去一种质朴和文明的生活状态，更是现代社会所要面临和解决的课题。

　　世界上所有的文明古迹都是全人类共同的精神文化产物，在人类科学与科技迅猛发展的进程中，现代物质文明的发展需要考虑到必要时要对保护历史遗迹做出妥协和让步。

　　时间的鼓点在心中不停地敲着。不得不离开了。光滑的石板路面，像黑釉的釉色，刺目的光芒投射其上，反射出冰面的光泽。在湛蓝的天空下，我真想把自己放倒在太阳神庙鹅卵石和石块铺就的石板路上，用眼睛和灵魂倾听几个世纪以来大地的回声。或者随风飘浮，任神秘古城将我裹挟，陶醉在流光溢彩的古印加文明之中。

喝酒的人■

喝酒的日本男人，我是偶然听说的。在船上能够引起别人注意，又是喝酒这件事，就其主人公来说，年龄一定不是年轻人。准确地说，是中年偏大一点的男人。

那天是个大晴天，我急着去看好望角，因为船一早准时进入南非开普敦港。之前，我们从莫桑比克的马普托出发，经过四天的航行，现在终于到达令人充满憧憬的南非开普敦港。

站在甲板上，一眼就可以望到对面的"桌山"（即特布尔山，因山顶平整如桌而得名）。它稳稳地端坐在大海边。甲板上的游客很多，穿梭往来地拍照和观察周围的景致。

山后的开普敦会是怎样的一番景象呢？

开普敦是南非白人殖民政权修建的第一座城市，殖民文化色彩浓郁，现在遗留了很多殖民地时期的古老建筑。据介绍，南非官方语言有十一种，那么拥有多元语言、民族和文化，现代而古老，被称为"彩虹之国"的南非，终结了种族隔离政策之后的南非，期望成为"守护所有人权利"的南非，四周被雄伟大自然环绕的南非，会带给人怎样的惊喜呢？

一股海腥气味刺鼻而来。低头环视海水，我立即发现海水变成近黑色了。前些天经过了"天堂的原乡"之岛——毛里求斯。"天堂的原乡"之名是出自美国作家马克·吐温的赞美之词。他曾说："上帝先创造了毛里求斯，然后再依照毛里求斯的风景创造天堂。"我们在毛里求斯只有一天的旅游时间，那天我完全沉醉在毛里求斯湛蓝透明的海水之中，我仰卧漂浮在海面上，只听见海鸟在上空盘旋，周围一片寂静，头顶的烈日刺得我睁不开眼睛。天空深蓝，海水浅蓝，海天一色，层次分明，金色的沙滩边有红彤彤的一棵枫树，而且只有这一棵红枫叶树，整幅画面宛如一张带不走的大自然明信片。

与之相比，开普敦的海水气味和颜色让人马上意识到，这是一座工商业发达的城市，这也是一座旅游城市。我早已报名参加世界遗产好望角自然保护区及其周围岛屿的旅程。但是出人意料的事情发生了。我们七个中国人因为单次而不是多次签证问题，被南非开普敦港海关拦截并隔离在船上，不能正常下船旅行了。原定的好望角(原名：风暴角)之旅，只能遗憾地放弃了。我们闷坐在八层左侧的沙发上，坐立不安，不甘心地透过船窗俯视外面过往的人。看着船上一拨又一拨排队出关的游客，我恨不得一步登上好望角。

随后我们来到酒吧区域的沙发上，等待南非海关人员和船方负责人的到来。

一轮又一轮的谈判即将开始。人都下船了，船也基本空了。

这时，我发现了他。应该说，偌大的空间，他独自一人默默喝酒，反倒是醒目的标志。

　　我坐在左边的沙发上，面向吧台，对着他坐在右边吧台椅座上迎面而来的背影。留给我的是侧面的剪影，一副中年偏大男人的面庞。方脸、大嘴角、戴一副黑框深色镜片眼镜、咖啡色皮肤。不短的头发用过发胶后向耳后归顺。他一个人坐在吧台，神情坦然，也不东张西望，目光向前，即使面对的是吧台的服务门。台子上一个方杯，酒液浓重，呈晶亮的黄颜色，里面加了冰块，是西洋烈性酒。

　　"咦，这个人为什么不下船？"我用眼睛示意，问坐在我旁边的一个讲中文的外来人。

　　"他天天喝酒，你不知道吗？每天早晨吧台一营业，他就准时来了。下午接着喝，除去吃饭，一直到晚上。"旁边的人看似很了解他，想必已经有人注意到了他的喝酒方式。

　　"但是他坐在那里，一句话不说。"旁边的人接着说。

　　他头发梳得很光滑，衣着整洁得体，休闲的西服套装。天天喝价格不菲的洋酒，这说明他很有钱。他为什么没有家人陪伴同行呢？他的年龄看上去也可以称作"老头"了。

　　"他这么喝酒，喝醉了怎么办呢？"我很好奇。

　　"他的酒量从未让他失过态，他没喝醉过。"旁边的人介绍说。

　　"而且，他总是坐在那个固定的位置上从没变过。那个座位是属于他的。"

　　这时，我才注意到他的身体姿势。他一动不动，旁若无人，除了喝酒。

　　他的脸上没有任何表情。我们七八个人坐在空荡荡的酒吧里，对迟迟未能解决的问题感到既愤怒又无可奈何，不停地议论交谈，甚至有人低声哭泣。这一切丝毫未能影响到他喝酒的状态，我们对于他来说，是不存在的。

他的身体语言很明显地告诉你：我眼里只有我自己，我不与人交谈。

他的深色镜片，让你看不清他真实的面目。他要隐藏自己吗？

"为什么不下船去走走呢？航海探险家迪亚士，以无与伦比的勇气和智识，发现了好望角，我这次千里万里来朝觐，实现我渴望已久的愿望，现在却咫尺天涯。"我惋惜地说。

"这艘船他也许已经乘坐过很多次了，以前曾经下过船吧。"外来人说。

我知道，船上的许多日本老人都曾多次乘过船，有人已经预报到一百多航次了。有的老人甚至卖掉闲置的房子，把卖房的钱用来乘船养老。船上有近千人，总会很快地交到朋友，甚至交到好朋友。有的单身男女，不分老人还是年轻人，在船上三个多月的这段时间里，成了恋人，整天待在一起，出双入对，反而忽略了在我看来是更重要的事情——看丰富多彩的世界。另外在船上可以参加各种活动和学习班。包括主题演讲、文化活动、运动健身和语言学习班等，乘客和工作人员可以根据自己的特长和爱好组织自己喜欢的活动。有许多人自发地做手工活，剪纸、刺绣、裁剪衣物，唱歌、跳各种舞蹈，总之，吹拉弹唱，多种多样。我发现船上很多日本人会乐器和绘画，音乐和绘画，给人生的丰富性加了很重的筹码。你还可以选择自己喜欢做的事，当作解闷也行，也可以选择一个人静静地待着。乘船旅行这也是日本老年人选择的一种生活方式，或者说是养老方式。不用麻烦儿女照顾，即使是孝顺的儿女，想照顾好老人的生活恐怕也是力不从心。他们需要工作和生活，还要兼顾自己的家庭。如果儿女不孝的话，那么乘船旅行这样一种养老方式，也许还很适合有条件上船的老人的实际生活。

近年来，在日本出现了"熟年离婚"现象。这一现象的有关报道能够使我们或多或少地了解日本社会所发生的变化。

为了进一步说明这个看法，我引用一则2014年网上有关日本"熟年离婚"的新闻报道：

近年，日本社会中离婚的白发伉俪日益增多，这种现象被称为"熟年离婚"。据日本厚生劳动省统计，自1980年至今，日本社会中"熟年离婚"案例数量翻了近两番，而且绝大多数的离婚诉讼是妻子在丈夫临近退休之际提出的。

日本女性以温柔、体贴、贤惠著称，很多日本男性难以理解，如水莲花般娇羞的妻子，为何会在晚年"揭竿而起"。笔者的一位日本朋友说，"熟年离婚"的男女增多，缘于情感上的疏离与淡漠。平时专注于拼搏事业的日本男性，退休后不知如何在家中自处。他们没有兴趣爱好，也没有什么朋友，每天无所事事，也不帮忙做家务，成了家里的"大件垃圾"。

"日本经济的高速增长，是以牺牲一代人的家庭生活为代价的。"日本专家认为，仅仅将"熟年离婚"的原因归咎于夫妻感情不和，是将问题简单化了。如今步入"熟年"的一代人，结婚成家时正值日本经济进入高速增长时期，政府通过各种方式引导男性承担高负荷的工作，女性则被塑造成家庭主妇。这种时代塑造的分工模式，为熟年夫妻的情感问题埋下了引线。

根据日本法律，2007年4月后离婚的夫妇，只要双方达成一致，离婚时妻子最多可分得丈夫一半的公共养老金。在2008年4月份以后离婚的，即使没有达成离婚协议，也可以按结婚年限，最多分得丈夫一半的公共养老金。因此，有日本媒体认为，日本的养老金制度客观上保障了妻子在"熟年离婚"后的经济来源。

"熟年离婚"的流行，给日本社会带来不少困扰。一些老年妇女离婚后，即使有养老金支撑，生活也不算富足。长期"衣来伸手、饭来张口"的丈夫们，离婚后失去了妻子的照顾，有些人健康每况愈下，在孤独中死去。日本警视厅2012年公布的数据显示，2010年，日本65岁及65岁以上的犯罪者人数超过2.7万，其中绝大多数是老年离婚的单身男性。

我们说话间，他不知什么时候已经不见了。我一看表，已经下午两点了。听说下午的某时某刻，他又要来呢。

吧台位于八层后方，紧挨着八层公共活动场地。吧台前有一排可以旋转的高座椅，后面是一组组的沙发区。人总是寥寥无几。它的右边直接对着一个过道门，和外面通道相连。尤其是高座椅，右侧直通向出口的方向。出口旁边的墙，立着一排图书架。我时常也会站在书架前找书看。

他的固定座位，正好对着书架旁边的出口。

某天的下午，我专注地在书架旁看书。不知过了多久，无意识地，我蓦地一回头，一刹那，与他的目光相遇了。他在喝酒。他可能边喝酒边观察书架周围的人吧？或许他目光停留在此，心已在别处。反正神态镇静，宠辱不惊似的，如果是探察人的话，那眼神相当专注。好像在关切地问：你读的什么书？你是怎样的一个人？你从哪里来？

面对他清澈探察的目光，倒是我先回避了。因为一旦你读书走神了，有时就很难再集中精力去读。另外我也想让他继续探寻他感兴趣的人和事物，不打扰他的神思漫游。

没有家人陪伴，没有朋友出现，选择在人群中的清净处，在吧台，喝酒独处。每天在相同的时间准时出现。没有交谈，没有交流，一张毫无感觉的面庞，拒人的姿态。

偶尔，在到港的某个城市的一隅，他会走入到人群里吧？我有时在猜想。

他是怎样的一个人？我真想听听他讲自己的故事。我为什么没有试着去问一问呢？

我在船上的时间很紧张，我在心里问过许多次了，但是一直没有对他开口。我给自己找借口。

是无法摆脱的孤独吗？

他是我在船上的大问号。

克鲁格国家公园 ■

　　我被震撼了：眼前像一片世外桃源，望不尽的草原旷野，寂静无声的广袤草原，林风天籁，小河潺潺，细长的河流像一条白线划过绿色的草原。我坐在克鲁格国家公园供游客游览的吉普车上，驰骋瞭望，这一番景象深深地打动了我。

　　非洲是人类文明的发祥地。在宇宙万物中，人类也是生物动物类物种之一。野生动物保护专家说："人类从生物学上看，有很多的独创性。平时一些无意识的动作，都是有理由的。其中一个关键点，是因为我们的祖先是猴子。本来猴子的栖息地是热带雨林，但由于非洲大陆的气候变得干燥，形成了一大片热带稀树草原。一部分猴子要离开森林搬到草原，而这些猴子后来就进化成了人类的祖先。为了在热带稀树草原生存，这些猴子在进化过程中取得了现在人类的很多独特形态。"

　　克鲁格国家公园位于南非，是南非最大的野生动物园。毗邻津巴布韦、莫桑比克两国边境，公园的面积相当于荷兰整个国土面积。

　　资料显示："克鲁格国家公园于1898年由当时布尔共和国最后一任

总督保尔·克鲁格所创立。保尔·克鲁格为了阻止当时日趋严重的偷猎现象，保护萨贝尔河沿岸的野生动物，宣布将该地区划为动物保护区。随着保护区范围不断扩大，完美地保持了这一地区的自然环境和生态平衡，克鲁格是世界上自然环境保持最好的、动物品种最多的野生动物保护区。"

这样远见卓识的决定让人心生崇敬之感。否则，我们今天还能看到这一切吗？

公园里分布着大象、狮子、犀牛、羚羊、长颈鹿、野水牛、斑马、鳄鱼、河马、豹、猎豹、牛羚、黑斑羚，以及各种鸟类等异兽珍禽。能不能和狮子、大象、犀牛、野水牛相遇，还要看运气。因为环保动物专家在介绍克鲁格野生公园时说："照这样下去的话，在十年之内，野生的非洲象就会灭绝了。"后来，他又加重语气很有感触地说："你今年这次看到的大象，不知下次或者明年你再来时，它还在不在。"

他悲伤的语调使我很难过。现代科技日新月异，盗猎手段日益多样，防不胜防。动物王国的生存环境，变得更加恶劣和严酷。

克鲁格国家公园除了野生动物，还有一些奇特的植物也是非洲特有的。比如，枝干高大的猴面包树。相比之下，和马达加斯加的猴面包树长相不同。

我是自觉坚定的环保者。我心持大自然和人类应该平等相处，大自然也是人类生存的家园。可是体积形状偏大、看上去比较凶猛的动物，无论多么可爱，对于我，还是选择远观比较安心。

我曾经无数次想象过这里的动物王国，想象中并没有过多的兴奋之情。也曾经非常犹豫报两天一晚的这个项目。"到了那里，你不去克鲁格国家公园，那不是白去了吗?"儿子的话是我最后的决定。

他是《动物世界》忠实的观众。

两天一晚，原来觉得时间长，难以打发，现在觉得时间太短了。返程的路上，我想。

据说如果你想完整地欣赏整个公园的美景，至少需要半个月。

在莫桑比克和南非边境线，相关工作人员进行了交接，办理了入关和离关手续。南非方面除了一名白人中年男司机和一名与他年龄相仿的白人女导游外，还有两三个负责领队的随行工作人员。我看见其中一位年近花甲的白人女性在跟海关柜台的工作人员交涉什么事情，可能是争取时间尽快出关吧。非常巧合的是，办理海关手续的两国男女工作人员都是黑人。我并没有对种族肤色感兴趣，我只是陈述一下现场的情景，她在窗口跟里面工作人员交涉时，里面海关的男性黑人工作人员表情严肃，态度显得很强势。

也是在此地——南非与莫桑比克边境，为日后我们七个中国游客未能如愿进入开普敦朝觐好望角埋下了伏笔。(当时在国内办理签证时，由于相关人员疏忽，给大家都办理了南非单程签证，而游览克鲁格国家公园，已经算进入一次南非国境，签证已用。莫桑比克办理的确是多次往返签证。)

船方工作人员办事果断，交接顺利，很快我们就坐上了进入南非的大巴士。一进入南非境内，不论是环境面貌还是道路交通，以及办事干练的旅游工作人员，与刚才跨境的莫桑比克形成了强烈对比。

车窗外不时闪过一大片一大片毫无遮拦的黛绿小平原或略有起伏的小山丘，偶尔，还有形状怪异的大石从眼前一闪而过，我举着相机贴着车窗，还是来不及拍照，错过了一些美妙的瞬间。我时常走神，满目葱茏、葳蕤繁茂的绿色草树在蓝白相间明净透彻的天空下铺展开来的景色，让我目不暇接。

离酒店不远处，巴士掠过一小片树林，呈三角形排列，横看竖看都是笔直的大树，它们像面色凝重的哨兵守卫着我们入住的酒店。我们下榻在一家四星级酒店，依地势而建，设备良好，天然风貌。古朴的大门掩映在不显眼的树木旁，既现代又原始，四面是自然田园风光，人少寂静。它巧妙地把建筑自身融入周围的自然环境中，建筑物本身就传达出了建筑师的环保设计理念：这座酒店建筑与周围大自然融为一体，相得益彰。

说句题外话，我对建筑师充满敬意。据专家说，中世纪留下的建筑手绘图纸显示，当时的建筑师不仅仅是建筑设计房屋，他们还会制造钟表、首饰以及机器。

言归正传。酒店正面一排外形低矮的是客房(里面高度并不矮)。中午正是日耀中天之时，我的身体被困乏淹没。

然而当走进酒店大堂，我睡意全无。我们仿佛进入了自然山水营造的植物园之中。大堂面积不大，但采光充足，光来自蓝色透明的穹顶，用了不经意看不出来的装饰，自然琢刻，浑然天成，直通云霄，仿佛与苍天对接，与上帝交谈。

大堂中间是一个人造圆形水潭，周围是一圈绿色植物——巨大的仙人掌和一些叫不出名字的非洲植物，不高不矮环绕着水潭。室外光芒四射，里面曲径通幽。服务台的桌子是深棕色的木质结构，镶嵌图案。台前，站立两位丰满壮硕的黑人女子，中年样子，丰乳肥臀，沉着淡定，制服充满了现代气质，慢条斯理地办理着入住手续。她们的头顶，是一个长方形立体橘色装饰槽，里面嵌有一排小灯泡简约实用。身后的墙壁，下半面是天然的大块石头贴面，上半面是白色的灰墙。墙上挂着一幅差不多覆盖整个墙面的壁画，上面的图案似神秘图腾画面，让整个大堂呈现出一种原始、自然与现代相结合的精神气质。让人不由得生出敬意，神清气爽，除了办手续的人，一个挨一个，其余的没有人出声，保持静默等待状。

拿了房间钥匙出了大堂，拐到长廊上，才发现酒店房屋好像是连在一起的环形。餐厅、吧台、客房连接在一起。我一时口渴，问也没问就在吧台买了一听饮料，直接请侍者打开。一结账，中年黑人侍者，很温和但语气严肃地解释说，这里不收美元，只收当地币兰特。我出行时没兑换兰特，所以很无奈。侍者说没关系。他找来了日本领队，领队有经验地说，能刷信用卡吗？侍者立马移过来刷卡小机器，即刻完成。

我突然觉得不好意思，道谢后赶紧逃出来，呼口新鲜空气放松心情。出了长廊餐厅，外面是露天的自然景色。远处的山峦，除了绿色的草木，还生长着长势旺盛的庄稼、果树；近前层峦叠嶂的绿树草地，层次随地势起伏跌宕。眼前不远处的草地中间有一个碧绿泳池，如山间一汪清泉，后面的客房只是陪衬罢了。

如此美景，已使我忘记疲乏，只感到心旷神怡。靠栏杆的露天隐蔽处，摆放着一张张餐桌，木桌木椅。周围枝藤叶茂，天高地阔。

坐在这里，眺望远景，身心大为愉悦。远处铺天盖地的绿，像大海的巨浪一样汹涌起伏。我不知道，这是不是我们来克鲁格国家公园和非洲动物相见的前奏曲？

旋律如此舒缓，像小提琴独奏的颤音，动人心弦。

下午，我们整装出发，前往克鲁格国家公园。

置身克鲁格国家公园，我顿时觉得自己身体内血液流速加快，仿佛误入"歧途"，来到了另一个世界。

突然，首先是一群羚羊进入我的视线。全身披着黄色的体毛，和鹿长相相似，一般鹿身上有白色的小点点花纹点缀其间，而羚羊没有，纯黄色。它们有一对结实的角。动物专家介绍说，雄性羚羊间有剧烈的争斗现象，为争夺雌羚羊。原来一只雄羚羊可以和几只雌羚羊组成一个家庭，每年的6月到8月产患，每胎一患。

车队一辆接一辆，缓缓而行。一眼望去，一马平川，恰似苏轼的"势若骏马奔平川"。那种辽阔的感觉，就像是说，头顶上这一片一望无际的天空，是克鲁格国家公园野生动物们的天堂。天空霞光普照，动物们本来在绿色的锦缎里自由自在地生活。虽然它们也有它们生存的丛林原则和残酷的生物链：弱肉强食，但是人类自古以来却掌控着它们实际的生杀大权，决定它们的生死命运。此刻，我把眼睛睁得大大的，一眨不眨地望向四周静悄悄的绿地，耳朵仔细地谛听和分辨周围的动静，偌大的空间万籁俱寂，只有我们小心行驶的车辆，尽管小心，还是不免发出喊喊喳喳的声音。我们是一群"入侵者"，不是吗？这里是动物们的栖息地，动物们不一定会想见我们，是我们一厢情愿地想见动物们，无论它们愿意不愿意，都无法选择。时间分分秒秒地过去了，我们在等待召见。这种静谧时刻的体验，在我的心底激起了难以言说的波澜，留下了终生难忘的印记。

说到羚羊，我想起一位朋友，他生在草原，长在草原。在他成长的岁月中，动物是他亲密的伙伴，当然也是他的猎物。他非常了解各种动物的生存习性和动物世界的奥秘。他曾经讲到他遇见的一个令他惭愧的景象：有一次，他狩猎的目标是羚羊，当时在一起的羚羊有五六只，他开枪击中了一只母羚羊。只见其他的羚羊并没有立即逃走，而是互相照应着，架起受伤的母羚羊，在落日的余晖中，奋力奔跑。他说他当时就流泪了。朋友的故事让人感慨不已。因为，朋友说，羚羊们的行动再一次说明了，兽类也有人性的美好，而人性中的兽性此时却暴露了。

朋友的话让人唏嘘不已。

全船游客一共八百多人，千里迢迢来自四面八方开启南半球环球旅行，为什么呢？其中之一，是为了感受和触摸大自然，感受天地山水的美的魂魄，近观动物世界的无比奇妙。那么，由此可以产生同一问题的悖论，比如：你有没有意识到要保护好这些鬼斧神工的美丽自然呢？壮美雄浑的大自然是全人类共同的瑰宝。在你所生活的地方，在你的日常生活中，能不能从自身做起，哪怕节约一张纸，哪怕能做到不浪费食物，节约用水。我曾亲眼看见一个美丽女子，站在游泳池的淋浴龙头下，穿着泳装，服务员说她直直地站立半小时以上。你能不能做到不吃珍稀动物，不吃濒临灭绝的珍稀动物。日常生活中，能不能不要太介意或过度解读"营养"一词。能不能不要太考虑吃和穿，请不要太讲究。为什么一定要穿皮毛衣服？现代科技如此发达，退而求其次为什么不能选择替代物？为什么一定要如此残忍地吃野生动物？有些地方有些人的饮食习惯细思极为恐怖。我们人类的祖先是猴子，可是听说有些人现在把猴子当成了一道菜。什么猴脑、鲸鱼、穿山甲等等，并且烹饪方法极其残忍，活生生地摧残动物。惨不忍睹，我从不敢看，也从不敢听这样残忍的事情。

在我们生活的繁华都市，如果到了春季鲜花盛开，一棵繁花似锦的树，绝没有它空闲的时间，总有人在拍照。

人们都热爱生活，喜欢选择"风水"好的地方居住；喜欢选择环境优美的地方出游。现如今，如果你打算去哪里，哪怕是很遥远的地方，在全球化的今天，你的美好的旅行愿望都可能实现。但是，绿色、环保这两个词，不知在你的心中分量几何？你每天为生活奔波忙碌，但是你想没想到生活中每一个细节，可能都会对环境保护产生重要影响？

一棵苍翠挺拔历经年轮的沧桑古树，你能不能做到爱惜它，保护它，而不是想到要把它砍了，做些实用的家具。你能不能做到保护森林，不乱砍滥伐。你能不能按照有关部门规定的环保要求排放污水，确保周边的环境安全。你能不能不弄虚作假，不非法使用有毒有害添加剂，不使消费者健康受到损害，一旦有毒有害物质进入人体，长久下去就是生命的代价。一条条蜿蜒清澈的小溪，一片片肥沃富饶的土地，青山绿水，我们能不能让它们在世上长久地留存，为子孙后代造福？

陆续有不知名的小动物，飞翔的鹰和其他鸟类在大地和空中遥相呼应。又没过多久，一头令人窒息的庞然大物出现了。几个人立即兴奋得在车上抿着嘴小声地又喊又叫，原来一头母象出现了，身后还有一头小

猴面包树

库斯科

库斯科街道

象——它的孩子。大象甩着尾巴慢悠悠地走着，小象依偎在它身旁，一幅温馨的画面。走着走着，运气好的话，你还能亲眼看到休息睡眠中的雄美的狮子，以及左顾右看四周瞭望的美丽的长颈鹿们。不远处有一条小河，河水哗哗流淌，像我儿时的小河流水，几种大大小小的动物在河边饮水，饮足了，于是便恢复了它们特有的活力和烈性，身子振作，抖一抖皮毛，头昂起，迈出或轻盈或矫健的步伐。

时至傍晚，云霞似锦，耀眼的橘黄色成为天空主色调。整个克鲁格国家公园都被浇筑进大自然田园牧歌般无比宏伟壮丽之中了。

我的感受是复杂、雄浑和炽烈的：我们一行人分坐十几辆小型吉普车，徐徐慢行，生怕惊扰动物。好像我们是蹑手蹑脚的，为的是让动物们有安全感，没有防备，不受惊吓地自由行动，供我们游人欣赏。是我们人类闯入了动物的领地，人类的贪婪和无节制的欲望使动物们的生存空间越来越窄，越来越小。我们听动物保护专家讲到了许多有关动物王国的悲伤故事。他说到，一方面在非洲还有为了生存不得不盗猎的狩猎民族，但原因还并不仅仅是当地民众的盗猎而已，还有其他原因前来盗猎的人，造成许多动物被猎杀。这就是为什么非洲的野生动物越来越少的原因。

这位动物保护专家从大学时开始关注野生动物，很早就来到非洲进行学术研究和实地考察，在非洲实地观察研究野生动物近二十年。他发自内心地喜爱野生动物，在他的青少年时代，他就很尊敬和崇拜一位著名学者。他说他从大学时代就立志做有关野生动物的工作，没想到毕业后竟与学者成为同事。他用生动的充满动感、静感以及极具震撼力的摄影照片来诠释他与动物的关系，如何发现大自然的魅力，并用极具说服力的观点阐述人与自然的相互关系。

他动情地说："野生动物有种难以言喻的美。为了在严峻的大自然中生存下去，它们必须随时保持最佳状态，所以才会显得如此耀眼夺目。"

大自然经过千百万年甚至上亿年的千变万化，孕育出如此神奇的山河、冰川、森林、大地。无偿地赐予人类阳光、雨露、水、空气和人类生存所需的一切。

培根曾说，顺从大自然的力量，才能战胜大自然。为什么要战胜大自然？

有时候，人类的介入是在温饱已经解决以后，贪婪的本性使然。为了金钱，他们铤而走险；或者纯粹是以狩猎为乐趣，不惜破坏雄伟壮观的大自然和猎杀珍稀野生动物。2015年7月，万基国家公园著名的狮王塞西尔遭到一名美国人猎杀。过去二十年间，全球狮子数量已减少了百分之四十三。

克鲁格国家公园让我不禁想到南极——那片蓝色的大海与白色的冰交织的世界。

船在通往南极的航行中，需要三天时间。船上的各个部门经验丰富，为此做好了充分的准备。船上的客房经理提前在船报上刊登启事，提醒乘客："在南极巡航期间，本船的污水排放将会受到限制。在此，我们号召各位乘客节约用水。另外，洗衣房也将于2月2日到5日暂停服务，请各位周知。感谢您的理解与配合。"

这三天里，船上采用了直播形式来确保乘客不漏掉一个精彩瞬间。

船头，船的两侧甲板。船尾，十层甲板，只要有露天的缝隙，都会有乘客穿梭往来，抓拍瞬间有意义的画面。我从船尾走向船头。在此普及个知识点：船的右侧称之为右舷。很久以前，北欧的海盗船活跃时期，船舵与现在的有所不同。船的操纵是由右舷船尾装置的舵板来掌控的。舵板被称为"steering board"，右舷由此变化被称为"star board"。此外，当时船舵装置在船的右舷处，靠岸有所不便。因此，一般都以船的左舷为靠岸侧，货物装卸及上下船也均在船的左舷进行。因此，左舷通常被称为"港侧"，英文名为"port side"。

船方营造了一个极其环保的空间，安全而温馨。舷梯上下都撒上大盐粒，防冰防滑，安排有专门人值班，一切为了在欣赏南极的自然风光的同时，保证安全。

南极是许多热爱旅行的人梦寐以求的地方。一生当中，不是每个人都有来南极旅游的机会。我们这一次通过南极的航道，已经给全体乘客带来了惊喜。船上只有八十多名乘客有机会登陆南极，实地体验。

最初进入南极的航程中，船身也开始剧烈地摇晃，仿佛在提醒我们，尽管我们做了充分的环保准备，但是对于冰天雪地纯净无染的南极来说，我们是探访南极的"污染物"。我并没像许多人那样激动万分，我很平静，并没有觉得那会是多么激动人心的事。但是，后来，我慢慢地对自己能够亲身游历南极而感动不已。

据介绍，和我们通常所知道的世界有四大洋不同，世界上有七大洋，分别是北太平洋、南太平洋、北大西洋、南大西洋、印度洋、南极海和北极海。南纬60度以南围绕着南极大陆的海洋称为南极海。其冷冽的海水能够帮助分解海洋生物必需的氧气。再者，上升流也能将有丰富营养的盐类——浮游生物的食物，从海底送至海面。冷冽的海水与上升流正是支持着南极海生态两个不可或缺的因素。南极海的海洋食物链中，磷虾以浮游生物为食，而磷虾又是鱼类、鲸鱼、海豹及鸟类的食物。而且与南极以北的海域相比，南极海的海水温度低了2至3摄氏度，盐分也较高。所以生活在浅海的生物无法在南极海与北边海域间自由来去地生活。因此生存于南极海的生物们都经历过进化，拥有能够适应极端环境的特质。

那是在粼光闪闪通往南极的海面上，时不时地，各种天然造型的大型冰块或者像山丘样的冰块闪现出来。你想象中的南极和你身临其境的南极是不一样的。南极纯净的空气让你感受不到极地刺骨的寒冷，而是沁人心脾的湿凉。镜片上没有雾气，呼出的空气没有哈气。当几只小企鹅站在一块浮冰上，顺流而下，在波涛起伏中，一只小企鹅不小心出溜到海里，我情不自禁地"哎哟"一声；另几条皮肤发亮的鲸鱼有节奏地跳跃式地捕食和游弋着，就像是伴随着现代交响曲，演奏出大自然圣洁壮观的音符。静观中，我的内心被无垠的大自然震住了。顿生遐想，看着从上游融化随流漂下的一大块一大块如冰山状的冰块和几只小企鹅站立不稳的小冰块，冰川的崩落和冰河的融化这些自然想象我是亲眼看见的，这些自然现象表明南美和南极半岛的气温正在上升？

我在船上经过南极时所感受到的那份美好，让我既安宁又痛楚多变的心产生了强烈愿望：人类一定要保护大自然！一定要让子子孙孙看到充满圣洁和诗意盎然的南极美景。

这个愿望说起来容易，做起来并不简单。

据资料介绍，"1959年制定的《南极条约》规定了南极不属于任何一个国家，它是全人类共有的财产。1973 年的石油危机导致人们开始把目光转向南极的矿产资源，相关国家的关系也愈发紧张。不过，与此同时，保护环境的呼声也越来越响，所以最终，南极资源的开发活动被明令禁止。1991 年，《南极条约》经过修订，一直到现在始终保持着不可撼动的地位。"

南极之行让人自觉地意识到南极环境保护的迫切性，关注南极的环境变化，正视专家提出的南极现有的一些不利因素，想出可能的解决办法，让子孙后代分享这繁星满天的星空，跳跃翻转的海豚，绚烂多姿的彩霞，以及许许多多令人难忘的瞬间。

就在我写此文的时候，看到两则报道。一则报道图文并茂，说，在南非开普敦，有人牵着小狗站在一只青蛙面前，另一个人用伞在青蛙的周围划来划去，这只青蛙被吓得周身鼓成了气球，并发出刺耳的尖叫。虽然这似乎是一则实验活动，但是事实证明了人类最好还是不要随意惊扰野生动物。另据报道说，从南极上游冲下来有史以来最大的冰山。我看后心情十分沉重。

第二天一早，天空下起小雨。细雨绵绵，热气与湿气混合，营造出云雾缭绕的仙境，我们又来了。雨，给野生动物们带来了喜悦，它们纷纷漫步在雨中。一对犀牛在不急不忙地顶角打架，躺在草地上的雄狮，一只豹子悠闲地在车队中慢行，它们把我们当作了它们中的一员。没有防备，也很无奈，好像是人类和大自然和谐共处的一幅景象。雨下了一阵就停了，空气中弥漫着热乎乎和湿乎乎的潮气和闷气。忽然，长颈鹿在朦胧的云雾中闪现，可能是一家人吧，两只大的和一只小的，在虚无缥缈的如幻似梦的背景下，宛如人间仙境。再看那灰白色的天空，灰褐色的河水，绿色的草木在我的镜头下魔术般聚合，成为动物王国不可复制的寓言故事的象征。

　　人类如何能找到与宇宙万物共存的一致性呢？我们需要重新思考人类的本源和永恒，以及人类与大自然万物的关系。

　　蓝色的天，橘黄色的晚霞，羚羊们的黄色，大象的灰色，大地的褐色，草地树木的葱绿色，以及那独一无二的记忆，都被我暂时并永久地带走了。

海上夏祭节■

2017年1月18日，星期三。南半球的夏季。"和平号"正在从南非向巴西的里约热内卢方向航行。

上船以来，我似乎忘记了季节。重新注意到夏季始于这天的报纸，报纸上的夏祭节覆盖了一切。

一大早，当打开船上的报纸时，我看到首页整版介绍船上即将举办的"海上夏祭节"活动，副标题是"欢笑、和平、共聚"。具体内容安排：第一场，掰手腕大赛、浴衣大会、刨冰大胃王；第二场，抬神轿、小仓祇园日式太鼓、盂兰盆舞、鬼屋。

船上很重视这次"海上夏祭节"，搞得很隆重，还邀请几个评委坐在场地正中央给每个节目和表演者打分。

等我赶到会场，太阳高照，人头攒动，熙熙攘攘，活动已开始多时。簇拥在人群里，随着人群忽悠来忽悠去。许多女子身穿鲜艳的浴衣，头上戴着饰品，面带笑容，画着浓妆，煞是好看。有的男子，主要是中老年男子，也穿着传统样式的和服。我用双手稍稍保护着自己向前行，同时也是在开辟新的道路，用目光急切地寻觅我认识的人。

　　船上事先并没有介绍这次活动。在船上又没有条件上网查询，所以我对夏祭节毫无所知。有些人聚集起来观看表演，有些人上上下下四处闲逛，这时，我发现夏祭节上众多日本女子穿着的传统和服和以前看到的正式和服有很大不同，我非常想知道其中缘故。而且发现日本男人的传统服饰，颜色偏深，腰系带子，足蹬木屐，看上去似乎行动不便。实际不然。之所以这样说，是因为某天狂风大作之时，甲板上灰蒙蒙不见一人，只听见呼呼号叫的大风掀起巨浪拍打船体，声音轰鸣，船体摇晃不稳。我从甲板上匆忙返身回去。忽然，遇见一位八旬老者，未见其人时，先闻其声，噔噔噔，只见他身穿和服，赤脚蹬木屐，木屐下面还有两条棱，散着白发，精神矍铄地在室外甲板上噔噔噔自如地上下走动。恍惚间，他像仙风道骨之人飘然而至；又像是一个刚刚从海里现身的神秘鬼怪。

　　人群里，我瞄到一个会讲中文的日本年轻人，赶紧跑上前，急着问她："日本的夏祭节是怎么回事，能介绍一下吗？"她笑嘻嘻地回答："不知道哇。"再问她："日本姑娘现在穿的浴衣跟正式和服有什么区别呢？"她还是一脸茫然地回答："具体的我也不知道哇。"真替她惭愧。

　　此时，节目单上的表演已经开始一段时间了。四周按照事先的设计分别排上了各自的活动用场。第一场主要表演已经错过了。我看见打扮俏丽的日本女子有的已经吃上了刨冰，三三两两说说笑笑，眼下舞台上表演的节目都是日本的传统节目，也听不懂，大多是说唱形式。但是演出的人都很认真。

　　一对母子出现在舞台上。这是继船上新年红白歌会之后这对母子再次登台表演。船上最小的乘客就是这个孩子。

母亲年近三十，中等个，短发，大眼炯炯有神，刚毅而有神采。儿子看上去五六岁，天真而不活泼，面容长得似母亲。在舞台上，看上去不像是在和妈妈一起表演节目，他随意地跟在母亲身后，登上舞台后站在一旁没有任何表情，似乎是母亲一个人在表演。母亲的表演与其说是给观众看的，不如说是演给儿子一个人看的。因为儿子一直站在那里，好像周围的一切与他无关，只是默默陪着母亲，是母亲不可缺少的道具的感觉。

后来得知，这男孩患天生的自闭症。这位母亲特意带儿子参加环球游，以求改善孩子的先天性疾病带来的影响：离群索居，孤独无语，对周围的一切麻木不仁，智力发育迟缓等这些疾病带来的问题。可想而知，作为母亲，这是何等残酷的现实。遭遇这种疾病不仅仅是孩子自身的磨难，对他的母亲来说更是严峻的考验和挑战。但是，我在这位年轻母亲的眼里没有看到一丝愁容，只看到她牵着儿子的手出现在舞台上，出现在运动会的赛场。拔河比赛时，她那张红扑扑的脸，顺着脸颊流淌的汗，大声呐喊鼓劲的声音，令人动容。她全身心地投入到各项文体表演中，是想让那种现场表演的艺术感染力和运动的活力，以及美能够感染儿子改善病症，她让我们感受到一位母亲的自信和坚强，以及无私伟大的母爱。

母子俩经常出现在公共空间里，参加公共活动。海上运动会期间，我看见这位母亲参与制作服饰、道具、剪裁等忙碌的身影；男孩则经常由一些年轻人带着嬉戏、打闹。逐渐地，如果你留意的话，你会发觉男孩子面带笑容了，也加入到玩笑、打闹的游戏中去。

我们无法体验和想象儿童自闭症的病态世界，以及大自然壮阔的景象在他心里会有怎样的回响，但是我们可以想象一位母亲的心和无私的爱。

这个世界有奇迹的话，希望它降临吧。

在船上，我首次被日本女性细腻的情感所打动是在新年红白歌会上。表演者中，有一位近六十岁的女人，身材纤细，面容娇柔，身着长裙，站在舞台上演唱她自己创作的献给亡夫的歌曲。我虽然听不懂歌词，但是她充满深情的目光和倾诉衷肠的乐曲把我深深地感动了。

通过观察和接触，我在船上发现日本女性看似温柔，实则坚毅，非常有韧性，用外柔内刚形容非常贴切。

首先，我发现船上工作人员女性居多，而且重要岗位上也有多位女子。以前听说日本女子一旦结婚，就开始是贤妻良母、相夫教子的角色了。但是，从相貌上看在船上很多部门的女性职员的年龄已是中年，有一位在服务台工作会弹钢琴的女职员，被介绍时说，她的钢琴是当年陪同女儿学习钢琴时，和女儿差不多一起从头学起的。我曾就这一现象问过日语翻译，他解释说，除了个别几个已婚女子外，大部分来船上工作的日本女职员都是未婚的，虽然年龄已近中年。随着社会时代的变迁，日本人口的老年化，劳动力不足，人口出生率下降等因素，使女性参与社会分工的机会自然增多，这些都是导致女性在婚后复出工作的原因之一。无论是何种原因，对于有些女性来说，她们也许乐于接受这样的变化，乐于参与到社会生活和追求自己的事业之中，而且在我看来，这也能增加一部分家庭收入。不过，在外面工作很长一段时间，要兼顾家庭，是很难的，不知她们是怎么安排的。

也有日本人说，日本在"二战"以后，女性地位慢慢变得强势，职业女性渐渐成为风潮。显而易见，随着社会的需求和女性地位的提升，日本女性那种温柔的性情也随之欠缺。

日本的大男子主义逐渐减退已成必然吧？

另据报道，2009 年，日本有一个很流行的词——"女子力"。意思是"职场女性爱事业爱家庭"，后来这个词的意思被扩展了，现在泛指一般的女性。

以上的报道说明，随着日本社会的发展变化，日本女性的变化是必然的。但是"爱事业爱家庭"的提法还是像报道所说的"满满正能量的感觉"。

我每天上午固定的时间在甲板上走路锻炼。有一天早餐时，我吃完转身准备走了。忽然，身后一位男士礼貌地拦住了我，他看上去六十多岁，温文尔雅，身旁一位年龄与他相近面带微笑的女士，长相甜美，举止文雅端庄。男士说："对不起，打扰你了。我和她是在船上认识的。下船后，我们还要继续交往下去。"我听了他的话感到很奇怪，迷惑不解，他说的话和他们俩的状态，很明显是一对恋人的样子。他看着我迷惑的样子，不紧不慢地继续说道："她丈夫是一名内科医生，去世了，曾经营一家医院。丈夫去世后，她接手了医院的管理经营工作，十分辛苦。后来，女儿去美国读大学了，她就把医院卖了，出来旅游了。我们在船上相识了，我也是一名退休的内科医生，也曾经营过医院。我是个混血。"

我觉得话题很长，但是很感兴趣，就请他们坐到旁边的座位上，慢慢聊下去。

"我把你拦住，是想告诉你，她非常羡慕你。今天看见你在吃早饭，我就问她要不要把你拦下来，聊一聊，告诉你她非常羡慕你。"

我惊异地问："羡慕我什么？"

他回答说："羡慕你作为一个女人，能够抛家舍业，享受一个人的旅行。"

她在一旁频频点头，轻轻笑一笑，话很少。

我说："是吗？"我不能一下子解释我为什么能够出行，那样显得有些鲁莽。其实中国女性一边工作，一边照顾家庭也是理所当然的事。出来长时间旅行对谁都不是容易的事。

他接着说："她经常看见你在甲板上走路锻炼，无拘无束的样子，很感慨。因为日本女人一旦结了婚，就要把全部精力放在家庭上。一般没有机会一个人出来旅行。所以她非常羡慕你。"

她在旁边接过话题，轻声问我："你是做艺术类工作的吗？"

我笑笑说："不是。我是一名文学编辑。"

接着，我对日本女性夸赞了一番，她谦虚地连连摇头。

在船上认识的第一位女性是在晚餐的餐桌上。

在船上进晚餐的座位要听从服务生的领位安排，不能随便坐。这样做的目的是要达到陌生乘客之间的交流。

我和她面对面。她年龄不小，看样子六七十岁，气质不俗。在普遍瘦弱矮小的日本女性中，她很突出。微卷的短发，大脸盘，身材高大，整个身体散发出现代女性的强势特征。记得当时只是简单聊了聊有关各自旅游的话题。

再一次见到她，是在新年联欢晚会的合唱排练场。我们几十人一起排练，准备合唱中日歌曲。前一排大部分是中国游客，她在第二排。为避免挡住视线，我示意她站前排，她可能觉得有些挤，最后还是站在后排了。

之后，是她的独特让我觉得她与众不同。

精致的短夹克西服，很贴身，裤子也是休闲西裤，配各种不同颜色的贝雷帽。一口流利的英文。优雅而别致，现代而时尚。她经常以这样的装扮出现在我的视线中。有一次，看见她在人少僻静处画水彩画，旁边放着模板照片。那张照片是一张风景照，没有人物，背景是广阔的蓝天白云，阳光炽烈下城市一隅，画得清新淡雅。水彩画画幅小，画风景效果好，这次南美之行，大部分是大自然独特的美景，很适合在船上狭窄的空间作画。这次我又遇上了，悄悄停下来，欣赏一下，生怕打扰了她。

穿衣、绘画的这双手与其选择的衣物和作品之间，究竟是怎样的关联？她选择的上等品位，她绘画调配的各种颜料，这些都是怎样的一种艺术配方呢？

我与第二个遇见的她一见如故。

在船上，绝大部分日本人喝冰水。接水的地方放置有三个大型循环式饮水机。两个是热水机，一个是凉水机。凉水机旁还放置了一个制冰块的机器。只要一按，几个冰块就哗啦啦滚落出来。

接热水的机器刚开始运转比较慢，后来这个问题解决了。在上船后的头一个月人多拥挤，要耐心排队等候接水，带来的大水壶这段时间没有用，实在不好意思拿出来接水，后面排队的人都等着呢。中国人一般都喝开水，或泡茶，或白开水。日本人也有极少部分偶尔接开水喝。排队时，就是互相认识和聊天的时候。

还有一个相互寒暄认识的场合就是晚餐。我与她就是在晚餐上相识的。

日式晚餐的形式很拘谨，人都是板板地坐着，不苟言笑，说话轻声细语的，我常常为自己的同胞有时在公共场合的大声喧哗和不拘小节感到难堪。但是日式晚餐上菜一道一道的，程序和西餐相似，一丝不苟。有时候面对正襟危坐的日本人，不免有些拘束，心里盼望着晚餐早点结束。

日式和西式晚餐最后一道是甜点，这是比较诱人的，因为船上的甜点不是很甜但很精致，非常合我和大家的口味。甜点过后，晚餐结束前，可以喝杯茶或者喝杯咖啡再走。茶分日本茶、红茶、英式茶和玄米茶。我发现晚餐和早餐，日本人绝大部分都是喝咖啡，很少有人喝热茶。

九层露天餐厅的晚餐一般是盖饭，味道很好。午餐一般都有拉面，拉面上面的半个鸡蛋总是跟生的一样。相比之下，主餐厅的晚餐相对人多。

日式生鱼片日本人非常喜欢。他们的饮食习惯，所谓日式料理，清淡，食物制作精细，青菜全是原汁原味，放点沙拉酱。偏西式，像早餐的煎鸡蛋没有一点油星，半生的。晚餐有不少日本男女点啤酒。

有一次，晚餐是日式料理，主菜海鲜生鱼片、白米饭，上面撒一层橘黄色鱼子，一盘食材由三文鱼、金枪鱼、贝类、虾等组成，裙带菜、白萝卜、绿色蔬菜叶做装饰。佐料调味品：绿芥末、日本酱油。在对面的一位日本中年男子不时地观察我吃生鱼片。周围的日本男士女士吃起生鱼片的速度很快，而且是不知不觉的，一片安静。本来我很注意吃饭的礼节，别失礼，所以不敢轻举妄动。着实说来，北京、上海等大城市，已经有日式料理店出现了。虽然我一般不去吃，但是我知道很多中国人也经常吃。

坐在对面的男士看上去很和善，面带微笑地看着我盘子里的生鱼片，终于忍不住问道："你不喜欢吃生食吧?"

我出乎他意料地回答："还行。"

他又问："你们中国人不吃生食吧?"

我回答说："不，很多人吃。在中国已经有了日式料理店。"

他表情很惊讶，好像不相信似的看着我。

我指了指我盘子里的生鱼片，问他："给你吧?"

他连连点头，说："好，谢谢。"

还遇见过一位有趣的男士。他自我介绍是位退休的公务员。他个子很高，一米八左右。这在日本人中很少见。我觉得他做特工比较合适。因为不知从什么时候开始，他开始注意我的饮食起居时间了。我生活一般比较有规律，几点去餐厅，几点运动都是固定点。所以我的时间不知如何被他掌握后，某一天早餐时，他让服务生引领到我桌对面，很绅士地用日式英语问："我可以坐在这里吗?"

我说："当然可以。"他并没有选择直接坐在我对面，面对面，而是十分周全地坐在我的斜对面，边吃边聊。无非是自我介绍和有关旅游的话题。

他问我："到目前为止，你最喜欢哪个地方？"

我说："瓦尔帕莱索。"

他问："为什么？"

我拿出手机，给他看了我在瓦尔帕莱索拍的照片，那些非同凡响的涂鸦照片，某种程度上在一瞬间开启了我认识南美大陆灵魂所在的一扇门。

还有伊瓜苏大瀑布。位于阿根廷与巴西边界上伊瓜苏河与巴拉那河合流点上游，在巴西境内的一部分，气势磅礴，雄伟壮观，那种现场的震撼不是身临其境是感觉不到的。在阿根廷境内为马蹄形瀑布，造型独特，我觉得气势上略微逊色。伊瓜苏瀑布是南美洲最大的瀑布，也是世界上最宽的瀑布。据说，当年美国总统罗斯福访问巴西，在参观伊瓜苏瀑布时对夫人说："哎呀，我可怜的维多利亚瀑布啊。"

突然，他发现我吃纳豆，大惊，问我："你也吃这个？"

纳豆是黄豆经纳豆菌发酵制成的豆制品，据说，日本人几乎天天吃。在船上主餐厅的早餐中，经常出现。

我很多年前开始接受纳豆食品。家里隔三岔五吃一次，味道实在不敢恭维，我就把它当作"药"来吃。但时间久了，也就习惯。尤其考虑到它的营养价值就不再考虑其他的了。

纳豆起源于中国，据说由唐朝鉴真东渡时传入日本，并在日本得到发展。

他显然不知道纳豆是鉴真东渡传到日本的，再说，国内吃纳豆的人可能不多。

看见他惊讶的样子，我解释说，我家里已经吃了几年了。在北京大超市里有卖的，还有北京当地产的。

"中国真是变化得太快了。"他自言自语地说。

20世纪80年代，他说他来过北京、上海和其他城市。

后来发现，不止我一人，中国游客有几个人都曾被他邀请共进早餐、午餐或者晚餐。他甚至把日语翻译都邀请来一起聊天。

临下船前，各个活动组都要举行表演会，跟正式演出似的，在舞台上演出。正式的服装，精心的化装，我无意中在电视新闻里看到了高个子的他，正在表演交际舞，一脸的绅士风度。

他说他已经退休了，但是跳舞时他看上去无比年轻。

船上举办过几次舞会。都是中老年日本乘客参加，只有个别中国游客的身影。舞会的着装很讲究：女士一律是很讲究的现代礼服；男士都是西服，有的戴领带，有的戴打结的领花，有个别的人穿燕尾服，很庄重，气质很现代。日本老年男士个个身板很直，船上几乎没有胖子，略微肥胖的都没有，他们天天锻炼，瑜伽、网球、拄着健步棍健步走、跳交际舞，等等，热心慈善工作，积极参与集体活动。日本年轻人很少参加这样的舞会，日本男孩子有几个都蓄着一层胡须，发型、穿着打扮很时尚。

回到原来的主题。第二个她当时坐在我身旁的座位上，正和女友聊得欢。整个餐厅里的人寥寥无几。当天是我们在海上航行了十多天后，到达的城市——新加坡。我和她都属于回来晚了的人，差点错过晚餐时间。

我坐在那里默默进餐。忽然，她侧身打招呼，满脸友好状。这时我才仔细看她。她后来告诉我她已经六十八岁了，但看上去也就五十多岁，比我大不了几岁的样子，短直发，没有化妆，后来我发现，她几乎从来不化妆，只是涂点口红而已。

她的英语很娴熟，语速很慢，发音也很清晰，这在日本人中不多见。日本人的英语发音让人很难听懂，舌头像不会打弯似的。我的英语很惭愧，主要是近年每天一两个小时的中英文学习，有时看看中英文字幕的电影，边听边看，也没有实践的机会。过去只有一次是参加高级职称的英语考试，我是我们单位第一个以不低的分数通过考试的人。她人很淳朴，很热情，让我一下子放松下来，像卸下了一副盔甲。

她说她已经退休了。我夸她英语好，她说她曾在伦敦待过两年。以前工作很辛苦很劳累，现在可以出来旅游放松一下。我本想问她她出来，她丈夫允许吗，话到嘴边，还是咽回去了。

那一晚，我们聊得很投缘。

后来，我们经常见。再后来，我们是经常互相约见。互相在彼此的房间门上的报箱里留字条。每从一个精彩的地方回来，我们总是找机会相约碰面，拿出照片互相分享。她很热爱摄影，相机很高档，时常看见她参加船上的摄影活动，举办的摄影比赛她都参加。有一天，上下楼梯和她相遇，她匆匆忙忙地说："对不起，我赶时间。"今天是有关摄影演讲比赛报名的最后一天，她要回房间去取摄影照片参赛。我对摄影不感兴趣，也没问过她有关摄影的事情。但是有一天船上的电视节目，我看见有她讲解摄影的镜头，一脸严肃相。在电视上还看见过她参加与非洲当地儿童联欢跳舞的镜头，灿烂的笑容，非常温馨。她告诉我她自己没有孩子。

没过多久，她时常在字条里写道，说我是她的第一个中国朋友，也是她最好的朋友之一。

在外久了，偶尔不免会想念亲人。有一次，我问她："你想家吗？"

她大笑，边笑边坚定地回答我："不想。"她接着说："在船上，我们是'Queen'，在家里，我们是妻子，是母亲。要做每一件事——做家务，做饭、打扫卫生、采购，等等。"

当她得知因为螺旋桨故障，船需要靠港维修一星期，因而我们中国游客要推迟几天下船后，她和许多人一样，兴奋地对我说："You are so lucky（你们真幸运）。"

不知为什么，我跟她因语言障碍而只能用英语交谈，但我俩却能像闺密一样聊家常。她身体不太好，听力和关节都有毛病。恰巧团队中有一位著名中医世家传人刘宗有先生。号称祖上从乾隆御医始，传承至今。

刘宗有先生，又名"一针"，60后。我的理解是："一针"是绝活，一针见效的意思。他是大连人，一口"海蛎子"味儿，有一种天然的幽默感，一张口，就有喜剧效果。但是，一旦动起"针"来，他就收敛起笑容，认真得难得一笑。

本来一切都是静静的。不知不觉的，从某天开始，他的房间变成了诊所，热闹了起来。很多人包括日本人都去他的房间"望闻问切"。等我去时，他已排出活动时间表了。没有预约，冒失前往，会扑空的。

逐渐地，他在船上已经声名鹊起，还做了一次演讲，现场展示"刘家真传"。我就拉着她去听刘先生的演讲和现场演示。之后，她还亲自体验针效。我一看见那根长针，就用手捂脸，让眼睛在指缝间缓慢睁开，指缝的扩张度依情形而定。后来就别过脸去，等到长针进入她体内，我才敢回过头重新面对她。

刘先生早年曾在日本待过，会说些日语。从此，她成了他的中医"粉丝"。

下船之前，她把已经给我写过的地址和电话又重新写了一遍，放在门口的邮箱里。她放的时候，我可能正在梦中。

日本社会男女有明确的分工：女主内，男主外。男人每天在外辛苦工作，回到家里，得到妻子精心的照顾和体贴，对于一个家庭来说，我认为是应尽的责任。最近，上海译文出版社出版了美国哈佛东亚学者傅高义教授的新作——《日本新中产阶级》。他在序言中说："日本的妇女都是全职家庭主妇，她们几乎花费了所有的时间照看家庭和孩子。我的妻子称其为'职业主妇'，因为她们以非常专业的方式扮演着主妇和母亲的角色，似乎那就是她们的工作。这使得她们的丈夫能够全身心地投入自己的工作，并和一起工作的同事建立起密切的社会关系。"在船上，无论是年长的还是年轻的日本男人，给我的印象，除了个别人外，整体上他们大都是：彬彬有礼，性格内敛，尊重女性。

在三个多月的旅程中，船上八百多名日本人，基本上都是有礼貌、素质高，当然不排除有个别不友好的人。由于语言不通，国情和社会文化不同等原因，他们总体上和中国游客还是有距离感的。日本人大都能说些英文。有几次我选的岸上观光项目团队中只有我一个中国人，有时有翻译，有时没有。

有一次，是库斯科的两天行程。全队二十多人，就我一个中国人，还有一名中文翻译。领队是个二十多岁的小伙子，很友善，但是也太忙碌。团队中大都是老年人，只有三两个中年人。相比之下，翻译三十岁当然还算年轻的，在这个团队里我年过半百也算中年人吧。每次在一个景点游览结束排队上车时，我和翻译总是最后上车。这样一来，有两次我和翻译就坐到了最后一排长椅上。其实坐在最后一排平时也可以，但是在南美这样辽阔的大地上行驶时，有时会起伏颠簸。我俩有时需要紧紧抓住前面的椅背以免东倒西歪。我和团队里的人互相之间只是寒暄问候而已，一般很少有时间交流，另外有些日本人通常对待中国游客也可以用冷淡一词来形容。令人不解的是，其中有些人会讲点中文，有的曾在中国做企业投资，有的曾在中国工作和学习过，但奇怪的是，平时在餐桌上碰上了或是在公共空间遇上了，他们又像是陌路人，中文只字不提，甚至躲闪我们。有时，又会有小插曲发生，比如：在电梯里，我们说中文的时候，有的日本人会突然冒出一句很流利的中文，想继续问他，他人已经出电梯了。

所以这一次，我想既然就我一个中国人，索性默默跟随即可，反正还有一个翻译伙伴。这么想着，也就适应了。

先前有几次短途的，这次算长途，最后表明，跟日本团更省心。这是后话。

话说我和翻译坐了两次最后一排后，从第三次开始，我记得很清楚，再上车时，我们发现中间靠后的一个双排椅子空了出来，每次都空着，直到我们最后上车坐下，实际上成了我们的专座。最后一排座位坐的都是男士，日本"大男子主义"的男士，年纪不轻的男士。顿时，我心生温暖，人和人之间总是有可以相互沟通相互理解的情感表达方式。

说到日本男人，我有一次遭遇的事，可能从某个角度反映出他们的另一面。日本女人随着社会的发展已经有了明显的变化，日本男人也会有另外的变化吧？

在船上我觉得日本男人大都有礼貌，但又很冷淡，有时也有很令人费解的例子。

有一次随日本团出行的时候，在巴士上，双人座位，我坐靠窗的座位。陆续上来人之后，一位日本男人，六十多岁，他礼貌地表示一番，问我是否可以坐在我旁边的位子，我说，请坐。他在整体日本乘客中，算是胖子。虽然以我们的标准他并不胖，但是日本人几乎没有稍胖的人，从他们在船上的饮食习惯、生活习惯、手工活、文体娱乐、瑜伽和各种健身锻炼来看，他们这样的身材是必然的。

他坐在我身边，用英语跟我聊了起来。他多次乘船旅游，经验老到，他建议我一定要去马丘比丘。他还介绍说他在北京有自己办的公司。

中午在外面吃午饭，他坐在我旁边，问我西餐习惯不习惯，还一起拍张照。他还特意叫来另一位朋友，跟我一起合影。

我坐在靠窗子座位。我发现他不时拍照，拍窗外的风景，后来有两次下车观光时，我都主动让他坐里面。第一次他接受了。第二次，他谦让了一下，最后还是坐在里面的座位了。

回来之后，在餐厅，在楼道碰见了，我主动打招呼，他的表情没有反应，像不认识一样。他的公司名字是他一个字一个字告诉我的，我至今还记得。

　　还有一次有趣的经历。那是发生在非洲的马达加斯加。船停泊的港口，没有商店，而我此时正焦急万分地寻找鞋店。因为我一时疏忽，出发时带的旅游鞋是新鞋，没有穿过，已经搁置了有两年，当时想也没想就带上了。结果上船不久就发现鞋底脚后跟位置的胶皮一点一点地正在脱落，走起路来"啪嗒啪嗒"响，这声音让我心焦和时时不安。终于等来港口城市了，靠岸之后立即出去买鞋。我孤身一人，十分紧张，因为船上发出警报，说此地治安不好，治安好像是两颗星，还有一二三四五条警示，其中一条是不要在僻静处单独行走。可是还有大半行程呢，为保证旅途顺利旅游鞋是必不可少的。

　　站在船出口的舷梯上抬眼望去，天色向晚。只看见回来上船的人，未见出去的人。离船不远船方还设了一道关卡，由当地警察负责，进出的人要通过安检。此时心稍安。

　　我快步往外赶。出来拐了个弯，直接奔主路而去。主路人多，安全性高。我在出口问一个警察，哪里有鞋店。他一指主路道："直走，过马路就有。"我连连致谢。心想，还好，不远就有鞋店呢，用不着跑很远的路，这样既安全又省时。

　　我在马路周围找啊看啊，没看见有鞋店，更没有超市和商场。我很着急，这时，我忽然发现对面马路边上有鞋贩子卖鞋。一双一双的旧鞋铺在地上，还有单只配双的。怎么是旧鞋？猛然间，我醒悟过来，这是马达加斯加啊！刻不容缓，不管这些鞋从何而来，我此时此刻务必凑合着挑选一双鞋。

　　鞋贩子显然是宰客老手，专宰游客。一双旧鞋要二十美元。我一听，立刻张大嘴说，这么贵。我正在犹豫间，一个日本老年男人也走过来买鞋。他中等身材，挺拔匀称，一双细眯眼很慈善。

　　看到有船上人来，我紧张的心立刻踏实了。我把我的情况对他说了，他也把他的脚稍稍一抬，我一看，鞋尖开线了，比我的情况还严重。他说，二十美元太贵了。鞋还很脏的样子。这时，鞋贩子，一个中年黑人走过来，旁边又围过来许多人，我们一看这架势，干脆不买了。没承想，鞋贩子友好地带着我们过了一条小马路，走到一个卖笔和胶水的男人面前用手指着一小管胶水推荐给我们。一寸长，一美元一个。我也不知道这胶水管不管用，可是已经出来了，不买什么回去不甘心，总要有个精神安慰。我们二话没说，买。可是我没带零钱，日本老人马上递给我一美元。我说："谢谢。回去我马上还给您。"

　　回来的路上，我们还一起去了港口旁边的一个火车站博物馆，拍下了殖民时期的铁路轨迹。

　　回到船上，我让他在服务台稍等，回到房间取了钱，毕恭毕敬还给了他。从此，每每在船上遇见他，他总是笑眯眯地喊我："LiSang。"

　　有一天，一位在日本生活了几十年的中国游客听说了我鞋子的情况后，主动把他带来的一种日本产的胶水拿来让我用，他说效果非常好。我拿回房间即刻用上，鞋抹上胶水后放了一天。我感觉这个胶水质量不错，我就把它推荐给了日本老人，告诉他这是朋友的。我说不着急，用完了再还给我。

　　过了几天，他特意找到我，像变戏法似的拿着一管一模一样的没开封的新胶水还给我，不停地说谢谢。我最后还是坚持没要新的，收下原来借出的旧的，再转还给朋友。

果然，这双鞋陪我走过全程，安然无恙。

有一对日本老夫妻，我两次岸上观光游时遇见的。

夫妻两人的年龄都在七八十岁。鹤发童颜，身体硬朗，腰板很直，除了走路稍慢，别无他样。

第一次遇见他们是在餐厅吃午饭时。餐厅在海边一个面朝大海的大厅内，自助餐。阳光充足的地方摆放着一排一排的木桌，我正好坐在面朝大海的一面。他们夫妻两人分别坐在我对面一个，旁边一个。我看见对面的她手里拿着相机不时地拍照。海边正在翻滚白色的浪花，一波涌来一波退去。偶尔会来个大波浪，撞击着岸边黑色的山岩，掀起更大的波涛。

我站起来把座位换给她，我打着手势告诉她这样拍照方便。她显然很高兴，她的半张脸在阳光的映照下笑意浓浓。午餐结束时，她拉着我让别人拍张合影。

回来后的某天晚上，我在服务台看见她。没想到她立刻走上来，详细询问我的姓名和房间号。没过几天，我收到了她放在我房间邮箱里的照片。很正式地用信封包装。

第二次又遇见他们是在大巴车上。他们坐在我前面，这让我有机会观察得仔细些。上车前，我看见女主人背着很大的包，手里拿着拐杖(平时不怎么用)，我上前表示帮她拿背包，但是她连声"No"，我看她表情严肃，不容别人插手的意思，这也是日本文化特有的自立吧。

男主人坐在靠窗子的位子，手里端着相机，相机档次不低，很高端。他一直架着这个大家伙对着窗外，"啪啪啪"，不停地拍。

到了一个景点，女主人开始大显身手。也没注意她从哪里拿出的纸和笔，我看见她时，她正拿着素描笔，在一本画纸上嚓嚓嚓地画起来。我们面前的雄山翠柏不一会儿就在她生花的妙笔下铺展开来。

我看到了他们精神生活的富足与健康。

回到库斯科之行的话题上。

夜幕降临了，我开始紧张起来，终于到了分配房间的时候了。我事先也不知道和谁一个房间。船方曾向我说明情况，告诉我有可能跟日本人一个房间，问我行不行。我隐约觉得可以，又不放心地征求日本翻译的意见，和他已经很熟了，所以我当时问他，我从来没有跟日本人打过交道，文化背景和生活习惯不同，住在一起能行吗。他看着我，一脸灿烂的微笑，肯定地回答道，完全没有问题。但是我还是提出可否让我和中文翻译同住一间，他说，不行。他解释道，船方管理工作非常严格，工作人员和乘客之间的界限划分得非常明确。外出期间，工作人员统一安排住宿，和乘客分开管理。所以，我只能跟日本乘客同住一间。我只好同意。虽然这让我非常忐忑不安，但同时又一想，这也不失为一次难得的机会，去体验如何与不同国籍完全陌生的人打交道。

当天傍晚，近十一点才回到酒店。在大堂领队开始念房间名单。我与一位年龄相仿的日本妇女同住一室。

她个子高挑，短发，动作麻利干练。微笑时，典型的日本女性温柔模样。她一句英文也不会，我们俩就用手势来说话，出乎意料，很默契。随行的翻译不放心，特意打电话到房间问我是否合适。我说，合适。这一夜，我们相安无事，躺下后很快入睡。

其实，如果你讲卫生，懂礼让，相互照应，和谁同住一室，没有任何问题。当然，如果语言相通，相谈甚欢，反倒有可能一夜无眠呢。

但是，毕竟两国社会文化不同，我们存在很大的差异性，我只是"雾里看花"，到底不知是了解他们，还是不了解他们呢。

最近听说日本前些年又出现"卒婚"现象。"卒婚"的意思是"婚姻毕业"。这个词最初是由日本作家杉山由美子于2004年提出。

对于"卒婚"，杉山由美子说："对于夫妻来说，一旦子女长大成人，也就意味着迎来自己的后半生，并开始全新的生活。在这种情况下，通常会考虑很多问题，比如是否需要继续维持婚姻生活，自己是否还有未完成的梦想，等等，由于结婚并不意味着必须同居生活，因此夫妻之间继续维持婚姻关系，但各自生活的方式被称为'卒婚'。"

没有答案。

话题再回到夏祭节。母子表演的节目结束了。每个人或每组节目表演结束后，评委们都会表情严肃认真打分，但是评委点评时气氛还是轻松幽默的。评选结果和颁奖仪式会在全部结束后进行。

夏祭节的表演我只看见"抬神轿"节目。抬神轿是日本有悠久历史的民俗活动。入场表演的几个小伙子身穿传统服装，嘴里发出响亮的有节奏的"吆喝"声，他们抬着具有很多装饰物的神轿，神轿随着抬轿人的脚步节奏在摇摆中前行。节目进行中，我碰到了一位在日本生活了很久的中国人，我想弄清楚"浴衣"和"和服"的区别。他耐心地解答了我的问题——有关和服和夏祭节的来龙去脉。

　　他说，和服，在日文里是：着物。

　　和服是日本传统服装，本称吴服。为什么称吴服呢？吴服：布匹的意思。是中国古代三国时期吴国纺织技术和缝制方法流传至日本后世的纪念语。和服长度一般齐踝，交叉领，右大襟，宽袖，留身八口，上下无扣无襻，系腰带，衣上印有家族徽记。可是，在船上，我怎么一打眼就觉得和服有唐朝的影子，觉得它是在唐朝服装的基础上演化而来的。看上去高雅精致，制作精良。

　　他说，和服前期是称吴服。而贵族的服装则受之后的唐朝影响更深，所以又称唐服。

　　他接着说，日本的"夏祭"，是在夏日举行的各种祭祀的总称，是日本的一项传统民俗活动。农历七月十五是日本的盂兰盆节。又为"中元节"，又称"月半节"，主要是祭祀祖先，所以又叫鬼节。

　　我最近看到旅日华人的介绍说："盂兰盆节最早起源于印度，是印度佛教徒纪念先祖所设立的节日，之后传入中国，中国的盂兰盆节就是中元节。日本源于此。就是祭奠祖先不要堕入地狱，让地官帮忙渡过苦海抵达快乐的彼岸。所以要烧纸钱给地官和祖先。

　　"日本各地的文化节往往都传承了几百年，甚至上千年，而且年年都要举行。对于许多人来说，家乡的这种文化节，不只是一种热闹，它是文化的传承，更是融合了自己的青春、人生甚至是幸福的大事。因为许多人的父母是在参加这一文化节时相识相爱，自己从小跟在父母身后，天天盼着过新年一样盼着暑假这一节庆活动的到来。自己长大以后，扛起了爷爷和父亲当年扛过的神笼走上街头。

　　"日本的这一节庆活动，各地名称都不一样，规模有大有小。比如日本古都京都，有一个'祇园祭'，这一节庆活动据称是从中国的唐朝贞观年间传入日本。从那时开始，日本年年举办，时间从7月1日到31日结束，长达一个月。在这一个月中，最热闹的是祭祀神灵的山车的大游行，参加者几万人，还有聚集的观光客，会达到两百多万人，是日本全国最大规模的节庆活动之一。

"还有青森县的彩灯花车大游行，据说也是从中国传入日本的。近百辆大型彩车塑造成了《三国演义》《水浒传》《西游记》等中国古代小说中的人物，加上几十个民间舞蹈队，形成了声势浩大的彩车大游行，每年前来观看这一活动的游客，超过了两百万人。"

据介绍，在日本，7月上旬至8月下旬是夏天举办"祭"的时期，种类样式很多。因为我们在南半球航行，而此时南半球正好是夏季，所以船上就按日本的习俗举办了这次夏祭节。据说，在日本现在这些祭祀大多起源于宗教，类似祈祷五谷丰登、生意兴隆和家庭兴旺这些方面。随着社会的发展，时代的千变万化，"祭"节形式和内容也发生了很多的变化。

我尤其对浴衣感兴趣，想了解它和传统和服的区别。他解释说，浴衣在日本称为：夏季的和服。和正式和服有很大区别。首先它们面料不同。和服面料高档，而浴衣原本是古时候日本一般平民在洗澡后穿的简便的服饰，即沐浴之后穿的衣服，所以叫"浴衣"。浴衣后来演变成夏天祭祀时的穿着，祭祀的时候会穿浴衣跳传统舞蹈。后来一直演变至今。现在除了祭祀外，一般外出也可以穿着。浴衣大多是棉、麻布料，颜色也艳丽些，图案一般与夏天有关。和服的图案一般为花朵，脚上还要穿上分叉的棉袜和木屐。所以，和服的价格比浴衣贵得多。其次，和服的穿法极其复杂。和服需要穿袜子，浴衣则没有。听他如此说，仔细一看，果然很多女孩没有穿袜子。

　　还有一点很重要的区别是，女士和服按照年龄，袖子的宽度有区别，年轻的袖子宽，年长的袖子窄；男士和服没有年龄的区别。女式的和服有宽宽的腰带，男士的腰带不宽。女士和服后背有用来装饰的布包或者蝴蝶结，男士的后背没有任何装饰物。女士的后脖颈要露出一点，男士的后脖颈不能露出太多。

　　这些细节我倒是没有太注意。我只是觉得自己置身在一个古代传统文化仪式的洗礼中。

　　一阵急促的太鼓鼓点密集涌来。打鼓者，年轻人也。一男一女，生龙活虎，清澈的目光，一副纯真模样。传统服饰，头上系着头带，他们已经在鼓点的节奏中忘记了自己，变换着姿势，鼓棒和鼓点在我的眼前缭乱起来。

　　日本的"祭"节很多。船上甚至为几名青年举行了庄重的成人礼仪式。主办人、亲人和长者，不分国籍分别发表讲话，以示美好的祝福。

　　各种各样的"祭"节，在某种意义上也是在捡拾先人们的古老仪式，传递着古老的文化习俗，不停地讲述古老的过去和沉淀下来的故事，以及人们过往的岁月。这些"祭节"见证着过去，现在和时间的永恒，也是对传统文化的继承和保护。

　　无论是在经济较为落后的马达加斯加和莫桑比克，还是在相对发达的阿根廷和智利，一路上每到一处在街头都可以看见日本名牌企业的招牌。我们去由布院温泉镇的行程中，巴士开出不久，我们一下子就注意到马路两边茂密的大树，沿途满眼被翠绿高大的森林所覆盖，让人心生感慨。导游介绍说，日本在当地建了一座建筑材料全部是木头的大型游乐场，木材需求量大，但是他们没有砍伐本国的一棵树，而是从加拿大进口木材完成这一巨大工程。据统计，日本是世界上森林覆盖率最高的国家之一，还是犯罪率最低，平均寿命最长，教育水平最高的国家。

日本已经连续多年被评为全球整体国民素质排名最高的国家。

日本人读书很认真。船上有图书架和读书室。图书架在八层公共活动空间一个很醒目的地方，倚墙而立几排书架。经常有人坐在里面或读或写。

有一点令人称奇的是船上居然放映中国拍摄的抗日影片。那一天，我从放映电影的门前走过，无意驻足停了一下，里面正在演游击队员化装进城的镜头。我没停下看，有事走了，有很多日本观众在看。

另外，日本乘客没有低头看手机的。偶尔看见，也是在上网区域，很少。当然船上没有网。如果有急事上网，费用很高，信号也不一定好。在岸上观光时，一上岸，我们都是打开手机上网，日本人没有。他们安静地坐在大巴车里。

在大巴车里，在旅途中，日本人没有人看手机。我曾问过翻译。他解释说，在日本，公共场合他们特别注意不要妨碍他人。手机接打电话、拍照，他们认为这些举动和声音会影响到别人，所以手机只在个人空间里使用。

平时在船上，坐在沙发上安静读书的人实在很多。他们读书的样子优雅，气度不凡，没有声音。他们手里拿的基本上都是便于携带的小型书，安静地阅读，看报纸的都很少，都是看书。如果这时听到某区域大声聊天、喧哗，我真是要脸红的。

我在船上读书时，经常有素不相识的日本人主动打招呼，问我看的什么书。读书是个可以聊天的话题。

在船上的活动区域，我经常可以看到日本妇女(年龄偏大点的居多)，她们的乐趣是做手工制品。她们还组织做手工的活动班。经常看见她们十几人一桌或围一圈，做各种手工制品。最常见的是纸鹤、小船之类的制品，复杂些的像手风琴样式的小年历，穿小珠子做成的各种造型。在船上还举办过手工制品展，这些心灵手巧的人把环游世界路过的美丽景色和场景用手工制品制作出来。其中有一幅是南半球地图，手工刺绣的，制作精致，很见水平。

在船上的运动会筹备期间，各队不分男女老幼，齐心协力手工制作各队的表演和装饰用品。年轻人也同样熟练地使用剪刀，手中变幻出多彩的世界。

下船前，临别之日，船上的一位日本老年男人送我两个他用彩纸做的仙鹤赠别。

船上有一位非常友好的日本老太太。满头银发，精神矍铄，汉字书法写得非常好。每次举办中日友好活动，她都积极参加。还主动教大家日语，她自己也拜老师每天学中文。她说，20世纪80年代，她曾来华在大学里做日语老师，会一点中文。她给我看她在宣纸上写的唐诗，李白的《早发白帝城》。字迹工整，笔力遒劲。真看不出是出自一位普通日本人之手，而且八十多岁了。这次"和平号"南极上岸人数有限，出于环保考虑，只有八十人，她是其中之一。后来我发现，无论是日本的工作

海上运动会

—1.5M

亚马孙河

人员还是乘客，他们的汉字写得都很工整。过了一段时间，听人说，她草书也写得很好，但没有机会见到。有一次，倒是看见她用楷体工工整整写的字：世界和平。

我有一个随身小包，以便在船上随时需要随时使用。包里有船上的身份证、信用卡、书、笔记本、手机和笔，等等，几乎每天在十层甲板走路锻炼时，我就把它放在楼下九层的露天座椅上。

无论走路还是看书，做事情，我随时随地把包一放，记住回来取就行，从未丢过。

那天我照常走路。天气本来温和，但是，渐渐地，大片大片乌云像幕布遮住了清爽的天空，灰暗浓厚，乌云慢慢压低海平面。压力使大海逐渐喘息起来，掀起波浪。我看看手表，趁着船还未摇摆得厉害，再走两圈。

这时，风势渐强。满眼望去，人都撤走了。船员为安全起见，开始收拾桌椅，拉上围栏，禁止通行。我返身下楼，取包。然而座位上空空如也，包不见了。虽然我第一时间的反应是包不会丢，可是不知道包哪里去了，心里还是很着急。座位对面隔几排就是餐台，有服务生还在。我赶紧跑过去说明了情况，他们建议我去五层服务台问问。我等不及电梯，旋风般跑到五层，向值班的工作人员求助，只见工作人员礼貌地询问了我的房间号和姓名，然后慢悠悠地从柜台旁拿出我的小蓝包，问，是这个吗？我说，是是是。

原来，当风起时，路过的人以为这个包是被人不小心遗忘了，所以就拾起送到了服务台。

后来，我又到九层，几个服务生看见我拿着包，没等我说什么，都默默地笑了。

"菊"是日本皇室家徽；"刀"是武家文化的象征。

美国人类学家鲁思·本尼迪克特在《菊与刀》中指出："刀与菊，两者都是一幅绘画的组成部分。日本人生性极其好斗而又非常温和；黩武而又爱美；倨傲自尊而又彬彬有礼；顽梗不化而又柔弱善变；驯服而又不愿受人摆布；忠贞而又易于叛变；勇敢而又怯懦；保守而又十分欢迎新的生活方式。"

在全世界范围来说，大家都认可日本是个现代国家。但是如何确定日本的现代或是现代性呢？从个人角度来说，可谓五花八门，每个人有每个人不同的视角。

《现代日本》作者英国人克里斯托弗·戈托-琼斯认为："全世界都在消费日本的商品和文化产品，包括动画片、家用电子游戏、汽车、半导体、管理技术和武道。

"'现代'这一概念显得如此重要，我们又该如何定义它的含义和内容呢？遗憾的是，尽管大多数评论者均认为存在各种症候可助我们解析现代，但人们仍未就现代的精确维度达成共识。它假定人们具有一定文化素养、能够(通过教育及公共领域)获取信息，从而能够为自己的最佳利益做出理性选择。"

同样，他问："'现代'究竟何谓？一般的(错误)观念认为，'现代'本质上是一个具有时间性或历史性的术语，是指与当代相邻接的一段时期。在专业性和实质性的框架下，'现代'这一术语是指思想、社会、政治、科学之基准及实践所呈现的某种程度的特殊分布状态。现代乃是相关原理的群集，而不仅指一段时期。"他还谈道："上述问题早在20世纪40年代就已成为日本知识分子关注的焦点，因为他们努力寻找'超克现代性'的路径。"

他指出："并不是现代性落在了日本，而是日本通过勤勉、艰辛、流血和创新，将自身打造成了今日我们所知的繁荣的现代国家。'现代'一词的含义仍极具争议，而当我们试图理解现代的维度和历史现实时，日本这一样本有助于凸显涵盖不同国家多样经验的必要性。

"现代的特征就是坚守理性特质、摈弃迷信(或许还有宗教)；坚守科技发展，即社会的机械化。现代人拥有科技之力，得以尝试控制自然、为破坏性武器松绑、用现代医学拯救生命。工业机器使世界变小，意义深远的全球化之所以可能，也是因为工业机器提供了条件：火车就是遍布各处的现代先驱。

"然而，即便在日本吸收西方科技、医药、文学和哲学之时，日本人已尝试定义并保存那些使他们成为'日本人'的独特特征。"

作者在后记中说："关键是要谨记，日本这个复杂多样的社会并不是一个虚构的、在与'西化'特征做斗争的'东方'社会，而是一个在全球资本主义的世界中不断调整自身认同和角色的现代社会。它的现代性是自有的。正如其他许多处在21世纪之初的社会一样，对于日本而言，一个紧迫的问题是，现代性之后会发生什么，日本在探讨此问题时的角色又将是什么。"

另据报道，世上现存完好的三只宋代"曜变天目盏"(宋代时称"异毫盏"或"毫变盏")"乃天上神品"，全部收藏在日本，被视为国宝。其中，大德寺龙光院收藏的一只"曜变天目盏"，四百多年来，从未换过主人，一直作为佛器传承。

我曾经看到报道，日本有一个世代相传的制陶艺手艺人家，对中国千年以前的汝窑青瓷情有独钟(川端康成称他自己收藏的青瓷为"这个兼备格调与美感的青瓷器")，汝窑青瓷的特征是朴素的器型和淡青色的色调，还有其温润光泽的色彩。这种高雅的品质，柔美的曲线，颜色的变换，该如何掌控烧制的温度呢？这个日本手艺人决心要解开汝窑青瓷的秘密。他认为真正的艺术品即使过了千年，依旧能保持艺术的生命力，他有一种执着的真正的匠人精神。他想用他心目中的汝窑来表现瓷器的魅力。从青丝到白发，几十年如一日，为了研究像无边无际的天空一样广阔的天青色，他收集了无数青瓷碎片，切割整齐，一一编号，并且亲访中国青瓷的古窑场，学习观摩并现场体验。回到家里的作坊，一遍又一遍地配料，研制釉料，选材和研究温度，再一遍又一遍地烧制。他烧制出各种造型的"汝窑青瓷"作品，以表达他自己对汝窑的理解，他的作品甚至有造型如波浪般起伏的海青色，还有一朵自然绽放的马蹄莲制品。一个人，在自己的手工作坊里，所有的工作步骤都是自己一步步去完成，他说要做出像丝绸一样的感觉，为了这个目标，他会执着地去探究"那个釉色，是雨过天晴云破处"的青瓷。

日本的家族产业能够从古至今延续下来，几百年甚至千年以上，有的连地名地址都没有变过，令人感叹。虽然其间也经过社会历史的大变迁、大动荡，以及战争的影响，但最终延续下去，子子孙孙一代又一代继承家业，代代相传，致使传统手工技艺不会失传。

船上的居酒屋，白天里是西餐厅。居酒屋每天从下午五点开始，日本传统的蜡染"凉帘"就放下来了。对折的凉帘，清清爽爽的样子。蓝底，一片深蓝上面是浪花飞动、鱼龙跳跃的形象，还有几抹白色的翻卷的浪花。这幅景象很符合我们目前身处的环境。大海，浪涛滚滚，或清波荡漾。内室的布置恍如日式小酒馆，很有情调，船上的酒客食客络绎不绝。

正值夏季，这段海上漂泊的孤独的日子让我能够亲近这寂静的夏天。有人喝点小酒，借酒消愁，聊解远离家人的孤独寂寞；或者白天累了，脚下带着船舱的尘埃慢慢走进来，三几好友聚此畅聊。如果是吃货也可以在这里解馋，这里是一个有快乐深意的地方。

夜晚的居酒屋，只有大海的低声絮语。不用撩开凉帘，居酒屋有一扇门直通外面的露天吧台。你也可以在朗朗的星空下，在大海静谧的世界里，独自小酌，发一发对酒当歌、人生几何的心曲吧。

我很喜欢日本的"暖帘"。一家古朴的门店，清幽静谧，冬天有"暖帘"，夏天有"凉帘"。帘，多么诗情画意的一个汉字。"帘卷春风"，"帘外雨潺潺"。帘字，在汉语里就有用布做成的望子一说。据说，"暖帘""凉帘"最早也是从中国佛寺传到日本的，在日本慢慢发展成为遮阳挡风等实用具，后来也成为门牌号、店铺号的标志，不同的颜色代表不同的行业。

主人家有自己的一技之长，勤劳、敬业和认真，这就是日本职业人精神的体现。拥有一门手艺、发扬一门手艺，以一门手艺谋生，是从传统社会继承下来的受人尊重的观念。据说有些发源于中国的最早可追溯到魏朝的制镜技艺，早已失传了，但在日本由一户人家世代相传至今。

　　前几天看到新闻报道：在日本，有七日堂裸祭，又称为裸祭节。每年1月7日，会在日本福岛县柳津町举办。节日中，男子只能身穿日本传统的兜裆布，用圣水洗净自己，爬上巨大的麻绳。祈祷来年能够身体健康、万事诸顺。

　　旁边的配图非常震撼。神庙里，高大的木质建筑顶上垂吊下一根粗粗的绳子。庙顶由一根根棱形长木头和上下垂直的木头卯接而成。地面上竖起的菱形木头历经沧桑岁月，显得古朴庄重。四周悬挂有大型古绘画，对应的一面还有文字牌，好像是汉字。绘图类似浮世绘风格，人物夸张飘逸。画面正中，一群男人，里面还有一个小男孩，六七岁样子，裹挟在一群大男人里面，仰头望顶，似乎等待爬上顶端。有几个男人传统打扮，头上的发髻，系着头带，悬吊在空中，好像杂技表演。

　　神庙的正中，是汉字"祈"，我看得一清二楚。

东南亚来的服务生■

皮肤深褐色或黑褐色，有些人高鼻深目，有些人略浅，浓眉大眼，翻卷的长睫毛，白齿肥唇，乌黑的大瞳眸里凝结着远离家乡的孤独和寂寞。这些面目特征是在描述"和平号"船上的服务生。

船上的服务生绝大部分来自于东南亚。包括船上的一个乐队组合，他们乐感很好。船上很多现场感很强的抒情时刻都需要乐队渲染气氛，舞会伴奏除外。东南亚人属于蒙古人种，并与印度人种等通婚。船上的东南亚服务生，主要是从菲律宾、印度尼西亚聘来的。这几个国家我没有去过，具体情况不得而知。但是从新闻资料显示的情况来看，这几个都是信仰佛教、基督教和伊斯兰教的国家，有很多习俗和禁忌。

热带季风性气候和热带海洋性气候给予他们与我们明显不同的外貌和体质特征：东南亚年轻人看上去肌肉结实，长腿细腰的女子和男子居多，稍胖一点的女子更显性感。男女无论胖瘦，身材皮肤都很有弹性。合身的工作服，更凸显他们富有弹性的肌肉。

他们一律训练有素，一副吃苦耐劳的模样，不多言不多语，手上职业功夫了得。船上对工作人员的要求很严格，对工作时间和工作程序一

丝不苟。服务生主要分三类(不包括船上驾驶舱技术人员和船员)：一类是
打扫客房的工作人员；一类是餐厅工作人员；另一类是打扫和保持公共
场合卫生的工作人员。

餐厅服务生应该是集体出场。餐厅有三个：一个是四楼主餐厅；一
个是九楼露天甲板的自助餐厅；还有一个室内丽都西餐厅。四楼主餐厅
是一批人，九楼和西餐厅是另一批人。但是偶尔楼上楼下的人会交叉工
作。

因为我们是首航的中国游客，所以船上第一次招聘了几个中国大学
毕业生在餐厅工作。

每当开门后你走进四楼主餐厅，站在最前面的一定是一个或者两个
中国姑娘，类似迎宾。她们面带微笑，耐心解答问题，后来慢慢熟悉
了，她们也会和我们聊些有趣的话题。早、中、晚三餐多数情况下由两
个姑娘分别轮换上岗。

在她的身后，是小台阶。如果是早餐，那是自助形式。下了小台阶
走几步，是一架大钢琴。餐厅每天早晨六点半开门。七点到七点半，这
半小时是钢琴师工作的时间。一位略微臃肿，有一双忧郁的乌克兰人眼
睛的中年钢琴师会准时落座在钢琴前。他目视前方并且目中无人，给人
如入无人之境之感。他静坐片刻，双手缓缓地落在琴键上，手指从琴键
上轻轻掠过，行云流水般优美的旋律随即响起。每次和他擦肩而过，我
都点头致意，他略微颔首回应，他那张拳击手般的脸毫无表情。人到中
年，抛家舍子，在茫茫的大海上与音乐为伴，每天弹奏的音符，是否已
经漂洋过海，穿过乌克兰的第聂伯河、亚尔普格湖，在他故乡的黑土地
上空盘旋缭绕，倾诉他对遥远的故乡，对离开的亲人们的爱和思念？

经过钢琴再往前，就是左右两边游客自行取食的区域了。同样，在通道的两边，各有一排服务生，把游客选好的餐盘端上手并引领到座位上。餐厅的座位不是随便坐的。船方为了使游客相互间加深了解和沟通，有意安排互不相识的人坐在一起，以便交谈。当然，一起来旅游的家人和亲人是可以坐在一起的。

两队服务生列队站好。男的女的都有，二十多岁的样子，每队六七人。通常情形下，服务生一只手托盘走在前面，随时会停下来倾听客人的要求，比如，客人要倒杯牛奶或者饮料。问候声似耳语，什么时候倒水，什么时候倒茶，什么时候上甜点，恰到好处。领班会在角落某处静观。

第一天去用餐时，真的很紧张，即便有伴。我跟着服务生来到座位上，四方桌对面是日本人，恰好左边是两位中文CC翻译，其中之一也是第一次上船，满脸喜悦的表情。有了这两位会说中文的女子，对面的日本人也好，右边的日本人也好，我们的紧张度马上消解了，兴奋感随之而来。第一次上船的新鲜感带来的话题让我们这顿饭的时间变得短促了。

服务生非常职业化。不是很清楚他们是否有过系统培训，他们动作迅速，准确和周到。眼到手到，有时左右手同时开弓。无论男女，无论瘦弱或强壮，他们每个人一只手都可以托举起一大摞餐盘，步履稳健。两只手可以同时分别托起一只大自助餐盘，稳稳当当，滴水不漏，神态自若。我第一次看见他们手持托盘时，真的很吃惊，觉得像杂技表演，这种感觉经久不息。

他们一律说英语。时常穿插简单的日语和中文问候语。时间久了，都熟悉了，他们也能灵活善变对待座位的分配了。慢慢地，我们也时常提出建议并自作主张地选择座位了。

　　女服务生Ａ，二十多岁，中等个，身材匀称，欧式脸庞，头发向后梳成马尾或是绾成扣儿。不知道做没做母亲，每次遇见她，亲切感总是迎面而来。只要她在岗，我一般都是站她这边的队，到船上近一个多月后，我在主餐厅有了固定的自助位置。

　　某天，我听她说话的声音是感冒了，而且她戴了口罩，我便马上回房间把我带的感冒药拿来送给她，嘱咐她按时吃药，我说我带的药效果很好。她连说谢谢。

　　早餐时间六点半到八点，中午十一点半到下午一点半，晚上船上的游客分两批用餐，一批是五点到六点半，另一批是七点到八点半。他们的工作何等的繁忙和繁重是可想而知的。他们不仅仅是在餐厅台前做事，还有"幕后"工作。工作期间，生病怎么办？一般感冒我想是带病上岗的。看见她就知道了。

　　旅行结束下船前，我把我剩下的药品分她一部分。我问过她的名字，可惜，我没记住。但是，她这个人被我牢牢地记住了，跑不了。

　　领班Ｂ，九楼丽都西餐厅和露天自助餐厅的领班，是一位菲律宾人。年龄不小了，近六十岁的样子，也可能实际年龄比相貌要小。小个子，略驼背，深咖啡色皮肤，充满善意的笑容总是挂在脸上。在丽都西餐厅用餐时间以外，我常常在那里读书和写日记。有时在里面，有时在外面，这一片区域都在他的管辖范围内，和我类似寻求安静地学习的人都零散地分布在这块区域。因为西餐厅有空调人甚少，很安静，是读书的好地方。我自带了四本书，是要求自己在船上必须完成的读书任务。久而久之，领班注意到我。每次走过我的身边，他都用那双友善的眼睛微笑地打招呼："Hello，Madam（你好，女士）。"

后来我发现每次到港，他的工作量愈加繁重。因为男服务生在港口还要充当船方搬运工的角色。他要组织完成好各项工作。像搬运供应补给用品、食品，清运船上垃圾等具体事宜。工作之余，服务生们可以轮流抽出时间上岸游览观光和采购物品，他是领班反而走不开。南半球的夏季异常炎热，在船舱外面的出入口，船方盼咐餐厅为客人配备了柠檬水自动饮料机。固定站在那里服务的三两个人中，每回都有他。我每次回来都问他："出去了吗？"他都会耸耸肩，表情憨厚又夸张地说："没有哇。"再问他："为什么总是你站在这里工作呢？"他就会露出皓齿一边笑着一边幽默地用手捂着脸连连发出"呜呜"的哭声。

船上水果不多见，每次靠港，大家总在寻找超市买水果。南美国家的超市很少。从此以后，我每次上岸旅游回来，总会给他带一个苹果、一个橘子或者其他小玩意儿，聊表谢意。他每次都咧开大嘴，发出由衷的感谢之词。

船上的工资听说不高。服务生的工资大约七千人民币左右。吃住的条件跟翻译跟游客相差很大，工作时间又很长。负责打扫楼层公共区域的服务生从早晨七点左右开始到晚上九点左右不停地抹擦，用吸尘器拖扫。通常一只手拿着喷雾剂，一只手拿着抹布，在门口，在楼梯，在过道，永远地在喷在擦，在喷在擦。

有一天，已经晚上八点多了，一个男服务生还在楼梯口抹擦，我忍不住问道："You are always working(你总是在工作)。"

他笑着回答："Yes，always(是的，总是)。"

另外一天的早晨，我在大厅里碰到一位准备打扫卫生样子很腼腆的服务生，我问他是从哪里来的。他说，印度尼西亚。我问道，这趟行程结束了，你还来吗？他说，这次工作结束后，先回家休息一段时间。等下次行程开始，再回来继续工作。我说，你的工作很辛苦，你对工资待遇满意吗？他面带知足的表情回答我，中午有两小时休息时间，很满意。他说，在船上打工比在他家乡打工要好得多。听了他的回答，我没有感到很惊讶。因为我猜测他的家里一定不是独生子女家庭。东南亚一般都是几个孩子的大家庭，没有娇宠，没有娇生惯养，从小开始吃苦耐劳，家庭的责任和义务该分担的时候就要承担起来，这也是孩子成长过程中所需要磨炼的性格，生存环境使然。他看上去不过二十多岁，弱不禁风似的单薄，但是工作很认真。

写到此，不由得想起打扫客房的服务生。负责打扫我们客房的是一位三十岁左右的菲律宾男人。个子很矮，圆圆的大黑眼睛，光头，彬彬有礼。说话做事分寸把握得十分得体。他具体分管几个客房不得而知。但是我曾看见一张贴在过道一侧墙上的表格，上面详细用英文记录了他工作的具体内容：几点几分打扫哪个房间，哪天换了枕套、床单和被罩，等等，一一记录在案。每天上午至中午为客房打扫时间，枕套、床单和被罩十至十五天换洗一次。有一次，我们试着在船上洗衣服，因为价格很便宜。一次性可以洗三十件衣服，收费大约二十多元人民币。房间里有洗衣袋和表格，自己填好放在桌子上，他打扫房间时会负责带走。可是那天他打扫完房间并没有带走衣服，而是留了一张小字条说我填的数字不对，让我重新填好，签字。他几乎没有机会和时间和我聊聊家常，我也没有看见他有过空闲时候。匆忙下船前，我在忙碌的穿行中没有寻觅到他的身影，本想再说声谢谢。

　　我把行囊里携带的所有药品都拿了出来，分了若干份，在下船前提前送给了服务生们。

年轻人印象■

　　一连串徐缓柔和的音符从黑白相间的钢琴琴键下倾泻而出，行云流水，一气呵成。这是莫扎特《第14号钢琴奏鸣曲 月光》（第一乐章），第一乐章的抒情旋律出自船上年轻工作人员一双纤巧细腻的手。

　　这场钢琴家演奏会的演出人员，全部是船上的工作人员。他们分别演奏了《G弦上的咏叹调》、《莫尔道河》（选自《我的祖国》）、《月之光》(选自《贝加莫舞组曲》)、《肖邦夜曲 作品9-2》等曲目。

　　演奏会的名称是"船上钢琴家——2017年新年联合演奏会"。

　　船上聚集了一大群既多才多艺又朝气蓬勃的年轻人。这些年轻人来自世界各地。有的来自美国、英国、巴西，以及中国的香港和台湾等地，其中来自日本或是日本混血的占了大多数，毕竟是日本人经营的旅游船。这些年轻人心怀不同的人生经历，不同的理想和梦想，不同的人生计划登船工作。

　　"和平号"吸引他们的是有机会环球旅行，这是最大的动力之一。

　　这些年轻人主要分两类：一类是船上各个部门的工作人员。比如：亚洲部、新闻局、事务局、健康教室，等等。另一类是主要是从事翻译工作的CC团队。

CC团队我接下来会单独写到。在这里，我想先说说船上年轻人这个团体。

他们肯定是经过严格筛选出来的，面试和笔试等形式。在全球化的今天，他们视野开阔，有许多人都有跨国或跨多国的生活与学习体验，就像我们在海上相遇的不同的国家不同的文化和文明，开阔的视野无时不在不停地调整我们看人看事物和看世界的视角，在了解不同的文化和文明的过程中，完善我们自己。

他们在各个部门都是以饱满的工作热情、不知疲卷的钢铁般的意志力，在各自的工作岗位上扮演着自己的角色。最让我惊讶的是他们大部分人要么会一门以上的外语，要么可以同时扮演很多工作的"角色"。可以是节目主持人，也可以策划节目与活动，也可以教跳舞，教北欧健步走运动；可以在服务台负责解答问题等工作，也可以在晚会上表演节目，也精通办理各类表格杂事等。一人可以身兼多职的工作，他们的工作能力和艺术才华也同样让人刮目相看。他们可以自编自演，也能即兴配合表演。有一位欧亚混血女子在来自拉帕努伊岛(复活节岛)的领航人马里奥·图奇和伴侣共同表演的具有很浓郁的当地风格的演唱时，主动融入进去伴舞，用很现代的肢体语言表达歌声里的淡淡忧伤。

我们去马丘比丘和库斯科的领队就是一个二十多岁的年轻人。他，瘦瘦高高，单薄羸弱，细眯眼，身背大背囊，双手一边一个文件夹，拇指和食指的缝隙里还插着小旗子，需要时，高高举起，指引方向。比如：他一举起小旗，大家蜂附云集般聚拢在他周围，他会把重要的事项和安排及时通知和反馈给大家。

他的夹子像是百宝箱。一会儿从里面拿出机票，分发给乘客；一会儿又从里面拿出各个行走线路的各种安排表，总之，一路所需的重要资料都在他的手里了，从没出过错。

我发现日本人有个特点。不愿意别人轻易"帮助"自己，即便是好意。所以，我想要把自己的事做好，千万不要给忙碌的他添麻烦。因为他带的这个团任务比较繁重：一是要在外面过夜；二是团队里有我这个外国人，还有那个推着扶椅、脊柱弯曲的日本老人。所以，我抽空对他说："团队里就我一个外国人，给你添麻烦了。"他一脸灿烂的笑容快把他的眼睛遮盖了，他连连说"No"。

旅程中，唯一一次"出错"是在机场。日本人组织工作严谨、细致。在机场，各领队还要聚在一起开会，商量具体工作。我们是凌晨两点的飞机，早餐是船上工作人员准备的丰盛盒饭，他张罗着提醒大家前去领取，最后他把自己忘记了。我发现大家手里一人一份餐盒，只有他手里拿着资料夹子，还在看着。我赶紧提醒他去取。

行程结束回到船上，他站在巴士门口，不停地对乘客一一点头致意，口中一再说谢谢。

他们是神情俊朗的现代年轻人。

说到现代年轻人，我的感触很深。我理解的现代年轻人并不是你穿着的服装很现代，你很时尚，你在国外待过，能说外语，等等，这些都不足以说明你是个现代人。就像城市里的高楼大厦，夜晚的霓虹闪烁，并不是说，这些高楼大厦就意味着这个城市是现代的。我认为思想的现代才是决定你是不是个现代人的最根本因素。

　　船上这个年轻人的团体中，有几个我知道的是中日或中欧混血，或者是纯华裔，可是他们已经不会讲中文了，只会磕磕绊绊的汉语，用中文交流已有障碍。那个中欧混血的年轻人，很有活力。有一次看节目，她坐在我旁边，和我用英语聊了几句。当她得知我从上海来，立即说："我妈妈也是上海人。"我听了很惊讶，本想再跟她聊聊这一话题，我就问了一句："你经常回上海吗？"她没有回答，巧妙地岔开了话题。我心里有些不安，不懂她为什么避开这个话题。后来，我发现，不仅仅是她，有几个很类似的例子。那个父母是中国人的男孩子，我在船上经常能遇见他，大部分时候他都是和日本年轻人在一起，或工作或玩耍。每次，我总想和他打招呼，聊几句，但是他的目光从未停下过，一闪而过，不知道他是不是不想停下来。所以几次以后，我也再未关注过他。包括前面提到的有几个在中国生活和工作过的日本人，他们轻易不说中文，也不表示他们会中文，也没有想和你聊聊的兴趣。

　　那次给领航人马里奥·图奇和伴侣共同表演的演唱节目伴舞的就是她。柔软的肢体，丰富的表现力，即兴发挥的曼妙舞姿，很现代也很自我。所有的感情，包括她所理解的复活节岛和拉帕努伊文化，都投入到她的舞蹈语言之中了。人往往在无意识之中形成了许多个自我，每个自我与自己的身份，过去的，现在的，重叠在一起，常常因不同的种族和文化等各种原因而产生冲突，自我与身份有时互不认同纠缠不清，这一点在船上某些年轻工作人员中可以感受得到。在她的舞蹈和平时的表演中，你看不到自我与身份的矛盾，恰恰是舞蹈和表演，使她在另一个世界里，完成她在现实世界不能完成的动作，把自我甚至是别人的自我与身份充分融合。

他们反倒没有像其他一些日本人有好奇心，最起码礼貌地介绍寒暄一下都没有，像是隐藏起自己的来历。他们在大多数情况下，不会张口说中文，看上去，他们就是日本人，但是内心深处，只有他们自己知道自己的来历和不愿说出的理由。

有个混血女孩，父亲是日本人，母亲是中国人。她的中国性格特征还是很明显的。每次聊起她在日本和中国的学习生活经历，说得津津有味。很可惜，上船不久就恋爱了，从此很难再见到她的身影了。

这些年轻人有的已连续工作几年了，有些人则是一段时间一段时间断断续续地上船工作，有的人只是一次性的体验。我曾在联欢会上问过一位重要节目的女主持人，她说在船上已经工作两年多了，我问她为什么能够坚持长时间地在船上工作，她回答，喜欢这份工作。因为当时我看见船上有不少三十岁左右的中年女性工作人员，有的单身，有的已结婚或离异，但是有孩子吗？能够在船上长期地工作，我认为对于一般女性而言，是很难兼顾到家庭和孩子的。我开始注意到日本女性问题，所以问了她这个问题。

有一位个子不高，身材矮小的中年女性工作人员给我的印象很深。

她，大眼睛，鹅蛋脸，皮肤白皙，齐耳短发，身体结实。我观察她可能还是个很重要的部门负责人。因为在船上介绍工作人员的宣传栏中，她的照片排得很靠前，而且每次有航线说明会时，她总是跑前跑后，安排布置一些很具体的工作。在一些重要的岸上观光项目上，她都是组织者参与者。多次看见她举着印有船上醒目标志的小旗子，穿梭往返在路途中。船上最大的项目之一，马丘比丘和卡纳斯线五日行程线路，对于乘客来说，非常辛苦；对于工作人员来说，更甚。凌晨两点出发，我在过道看见她，身背比她还高的大旅行囊袋，那囊袋直立着，高出她头顶很长一截，她一边走一边和身边的工作人员谈论着什么。

她年过三十，肯定的。不知她是如何安排家庭和工作的，我很想了解这一点。或许，她还没有结婚。

船上各种活动很多。其中一个自组讨论的节目，由一位三十岁左右打扮比较中性的女子主持。论题的题目是："一般是什么?"

"一般是什么?"是一个固定的论题，但是围绕着这个题目，每次可以分解出许多个题目。

每次没有固定的答案，大家分组座谈讨论。开始时主持人就每个话题，抛砖引玉，每次题目都不一样，然后组织参加者分组讨论。比如：有一次是"LGBT(性少数群体)"。但是，这个节目没有安排中文翻译，所以我没有参加。

像她这样年纪的女性工作人员还有几位。由此可见，日本社会发生了很多变化。

但是在船上工作，需要克服很多困难，别说女性，我也看见有年龄不小的男性还在服务台工作，做着一些事务性的杂事。我问了一下导游，他说在这种岗位上工作工资不会很高。所以说，了解一个人，一个社会，一个国家的社会和经济等方方面面，可以通过一些细小的事情来感受。看着眼前这个年龄约六十岁的男子，不知道是不是日本经济衰退，跟他在船上做这份薪水不高，远离家人、亲人的工作有没有关联？也许，他就是想环球看世界，并不在乎薪水的高低。

这个章节是写年轻人的。这是题外话。

船上很重视与当地青少年儿童的交流活动。尤其是在一些较为落后和贫困国家，每到一地，船上的年轻人都会自发地组织一些捐赠和互动互助活动，帮助人们了解当地社会生活和经济发展等状况，直面社会问题。比如：在南非，参观原黑人居住区，了解当年种族隔离情况。在秘鲁，组织年轻人和当地原住民一起联欢，共同探讨和关注原住民的生存状况。在葡萄牙航海家到达好望角之后，葡萄牙开始了对莫桑比克的殖民统治。1975年，莫桑比克脱离葡萄牙殖民地而独立。莫桑比克虽然自然环境优越，然而贫穷问题一直存在。船上组织了两条岸上观光交流线路。一条是，"拜访莫桑比克的小朋友"；第二条是，"拜访玛法拉拉地区，体验当地舞蹈"。两条线路大都是年轻人参加，看到电视上他们和当地小朋友踢球，做游戏；穿上当地传统服装和当地民众跳舞时，深感这是一项非常有意义的活动。增进的不仅仅是年轻人之间、也是人与人之间彼此了解的纽带。

贫困同样困扰着马达加斯加。在港口城市艾奥拉，船上组织了若干个扶贫交流活动。年轻人带着乘客深入乡村和自然保护区，做些公益活动。包括植树、参观学校、探访SOS村、和SOS村的儿童互助互动等活动。

还有一个很多年轻人参加的项目非常值得一提，那就是了解巴西贫民窟的活动。巴西曾举办了夏季奥运会和残奥会。但是在巴西的很多城市都有贫民窟，船上的很多年轻人，每年一拨又一拨，从未停止对巴西贫民窟的探访活动。这些有意义的社会活动，使他们了解了巴西贫民窟的产生和经过，以及这些居住在贫民窟的人的生活方式，这些所见所闻会开阔他们的视野，丰富他们的人生阅历。

团队中有个男孩子，二十多岁，头发染成深黄色，个子不高，娃娃脸。常常看见他在一群年轻人中间，不知他从事何种工作。有位朋友说，男孩时常去八层侧舷的吸烟区吸烟。在那里，对于经常吸烟的人，是结交朋友的地方。这位中国朋友偶尔会给他一支烟，烟成了相互认识和交流的工具了。朋友也没介意，一支烟，一个微笑，常常是陌生人之间拉近距离的一种方式而已。烟在两人之间有了默契。朋友没有意识到他的年龄足以做男孩的父亲了。临下船前，男孩和朋友互表祝福，相互拥抱表示告别。突然，朋友说，男孩子紧紧拥抱着他，泪洒肩头。他呢喃地称他"父亲，父亲"。让朋友惊诧和感动不已，"父亲"的称谓分量太重，善良的朋友唯恐担当不起，有所辜负。原来，男孩子很小的时候，他的父亲就去世了。在他成长的过程中，父爱缺失。他渴望父爱和对父爱的眷恋是我们正常状态下的人难以感受得到的。

所以，被这个异国孩子称为"父亲"，满足了男孩子的愿望，这也是朋友这次船旅之行的意外收获吧。

与我们同住一层相隔不远的另一位二十几岁的男孩子也是很有代表性的。他生性活泼，乐于助人，主动对中国游客示好。随团有两位年轻的女工作人员，他说她们非常和善，经常助人为乐，于是常常帮助和指导她们在船上的工作，帮助她们联系乘客，沟通相关事宜，介绍一些船上的工作程序。后来他们成为好朋友。两位女孩子提前下船时，男孩们特意精心制作了一份送别签名礼物送给她俩。

他们经常路过我们的房间，有时进来提醒说，要开运动会了，开始排练了。意思是，鼓励我们参加。中国春节大年初一的早晨，他和同伴敲门拜年，一脸纯真的笑容，一人手里拿一个小红包，里面是一枚日币，连连说，拜年了，新年快乐！

他浑身洋溢着热情的符号。许多活动他都参与，与一大群年轻人在一起，放声地大笑。

最后介绍一位中国留学生——船上亚洲部的工作人员小史。小史今年二十多岁，椭圆形脸，皮肤白皙，说话轻声慢语，一副学生样，但是办起事来，稳重老练。他会讲一口流利的日语和英语。可是，你们知道小史和"和平号"的渊源吗？

小史是在日本读书的时候偶然间知道了"和平号"的讯息。对于一个年轻人来说，环球旅行是自己的梦想。更何况如果能在船上工作，那真是两全其美，岂不更好。最重要的是，如果这份工作对于你来说并不仅仅是为了生存，而是你喜欢的工作；或者说是在权衡利弊之后，你在还没有更好的选择之前，选择了这份工作锻炼一下自己也未尝不可。我从小史的工作热情和能力来看，他是喜欢这份工作的。

但是首先，第一次作为乘客上船是要付船费的。而小史当时还是学生，这笔船费对于留学生的他来说不知是不是一笔大数目？也许他有能力付，但是他自立自强，一切靠自己的双手来争取；也许他没有能力付这笔船费，但是他要为自己未来的理想和目标去努力奋斗。

小史参加了竞聘免费的志愿者行列，小史按照船方的要求，业余时间奔波于全日本的大街小巷，赠送了四千份"和平号"宣传广告。每送出一份，要请接受贴广告的店老板签字盖章后，才算完成一份任务。这样的贴广告举动往往也会遭到人家的拒绝。可想而知，赠送四千份广告！这是支撑一个年轻人周游世界的梦想的动力，也是一个年轻人抓住未来生活的一次机遇和挑战。

小史的不懈努力，终于赢得了他人生的第一张"船票"，还是免费的。

我在船上咨询过在日本生活的中国人，想了解日本当代年轻人的生活状态。他说，现在的日本年轻人，跟过去真的不一样了。他说的"过去"，我没有追问。我想可能是指我们经常在日剧里看到的"温良恭俭让"吧。他说现在的日本年轻人，你可以从船上的表现看得出来，哪里还有见面点头哈腰样的啦。他们在自己家里对待长辈也这样，很任性的。在船上，我确实很少看见年轻人对长辈鞠躬，行礼问候，经常看到他们很随意地嬉戏玩闹。有一次，看到一个女生就在公共过道的沙发上，和男孩子及一群朋友嬉笑，头躺在男孩子的腿上，我觉得日本年轻人这样的举止是我以前没有想到的。当然，只有这一次。

船上绝大部分年轻人都是志愿者身份，一定程度上减免了很多费用。他们在人生流光溢彩的年华里，尽情地欣赏自己和世界的丰富多彩。

领航人 ■

领航人日语为Mizuan，水案人，水先案内人的缩略。在日语中指帮助轮船出入港口的引领人。日本人有时翻译的中文令人费解，其实领航人就是游船每到一个国家，之前的几天或者是十几天，船方就会邀请来自这个国家专业领域的人士上船做讲座，介绍本国的风土人情、民俗风情和社会政治经济文化背景情况。他们都是各个领域的专家，在旅程中与乘客分享他们的知识和智慧。

我在船上参加最多的活动是听领航人的大讲座。他们虽然大都是专家，但是都不是那种学究似的一板一眼的书呆子，他们更多的是非常有趣味、兴趣广泛和具有独特身份的个体。比如：在大溪地，船方邀请从拉帕努伊岛乘船的领航人是当地原住民玛奥西族文化代言人Gabi先生。

他一头飘逸的白发，深棕色的皮肤有刀削的皱纹，那张饱经风霜的脸经过暴风骤雨的洗礼。他说大溪地的祖先可以追溯到东南亚等地。每次上台演讲他都是身穿大溪地民族服装，颜色鲜艳的花布上衣、短裤、赤足。言语中透着"革命青年"的火热激情。他看世界看大溪地的观点和态度在他的演讲中充分得到了体现。

他说："散布在南太平洋领域的由118个岛屿组成的大溪地，正式名称为：法属波利尼西亚。19世纪末，它在西方列强的领土争夺下沦为法国的殖民地。首都帕皮提除了是行政与经济中心外，也是著名的观光都市。不过，在美丽的热带自然与南国风情的背后却存在着独立自治的争议与核试验的悲惨过去。特别是1995年法国在大溪地的核试爆引发了严重的问题。直至今日，大溪地仍在法国的统治之下，许多传统产业已日渐消失。"

据介绍，Gabi先生一直以来，探索和关注如何在追求发展和成长的过程中，守护自然环境与传统文化这一主题，以及组织反核武和原住民自给自足等活动，已连续多年登船演讲。

还有一位来自澳大利亚墨尔本的音乐制作人Tim Cole，他与大家分享了他与澳洲原住民合作录制音乐的经历和感悟。

他讲座的内容包括生活在澳大利亚中部的Pintupi人，这是澳大利亚最后一个游牧部落。1984年，他们被迫放弃了原本的生活方式。

他还详细讲解了原住民语言的保护问题和关于澳洲原住民"被偷走的一代人"悲伤的历史。长期以来，他一直从事于收集、整理和挖掘澳大利亚原住民的古老音乐，他在现场播放了他采集原住民音乐视频的片段。那些古老的音符，天籁般的声音，用生活用具打击出的悦耳音乐令人耳目一新。"原住民音乐的神秘和神奇就在于它的历史和年代的久远，就在于它生存的地理位置和宗教文化的特点。"他表示他对目前原住民文化仍然充满活力的现状和前途光明的未来持乐观态度。

　　在拉帕努伊岛出生，从小就听着祖父祖母讲述岛上传说与历史成长
的领航人马里奥先生，又有怎样的精彩演讲呢？

　　他从里到外流露出一种自然，未经雕饰的淳朴气质。他的长发束在
脑后，浓黑的大眼像葡萄粒般清明晶透。他的女儿一岁多，每当他演讲
或者和伴侣演唱的时候，小女儿总是步履蹒跚地在他们的膝下绕来绕去。

　　他介绍说："1722年，荷兰人 Jacob Roggeveen 在基督教复活节这
天发现了太平洋中的一个小岛，并将之命名为'复活节岛'。据说早在公
元 400 年左右，岛上就已经开始有人居住，当地语言称之为'拉帕努
伊'（Rapa Nui，译为大岛)。复活节岛经历了制作巨大石像所带来的纷
争、奴隶买卖、食粮短缺和传染病蔓延等漫长又悲怆的历史，岛上人口
数量曾一度从两万剧减至一百人左右。拉帕努伊距离南美大陆约三千八
百公里，距离最近的有人生活的岛屿也有两千公里左右。

　　"岛上人口约为八千人，其中半数为数百年前来自波利尼西亚群岛的
移民。在过去的历史上，森林破坏、传染病蔓延及部落间的纷争造成了
自然生态与人类社会间的失衡。成为智利领土后，拉帕努伊引进了土地
私有制，这更使得岛上居民失去了跟土地的紧密连接，生活模式也变得
极其依赖外界资源的输入。曾经食用岛上种植的蔬果以及渔获，过着自
给自足生活的岛民，在观光客大量拥入后也慢慢被消费文化所吞噬。现
在，拉帕努伊更是面对着日渐严重的垃圾问题。"

　　他和伴侣在船上举行了几场讲座和有关波利尼西亚的手工制作工作
坊的活动，并举行了现场歌唱表演。

船上特意举办了"拉帕努伊"之夜活动。致力于保护和传承拉帕努伊文化的马里奥先生和伴侣在当晚以吉他和打击乐——手鼓，表演了一场拉帕努伊的原住民音乐和在此基础上演绎的现代音乐和舞蹈。

　　古老的原住民音乐，带着淡淡的忧伤和苍凉，在伴侣鼓点的伴奏下，通过音乐，原始音乐，向人们介绍古老神秘的拉帕努伊文化的根源所在。通过音乐，来宣传和保护与外界很少接触的原住民和原住民生活方式以及原住民的文化特征。

　　现场的音乐深深打动了观众，拉帕努伊文化引发了人们的关注和思考。

　　他说，并不是没有和外界接触的原住民的生活方式破坏了自然环境。比如：说他们砍柴破坏森林。他解释说，绝对不是。恰恰是外来者大量砍伐原始森林木材，种植非法植物。他说他想通过音乐接触到更多的人，用音乐的方式来传达和推动生态旅游和社区旅游方式。

　　还有一位以音乐和歌唱等自我方式来表达他命名为"Maruka Project"计划的音乐人、艺术家、探险家和环境保护专家——来自智利的领航人 Pier Bucci 先生。他文质彬彬，父母分别是意大利和英国人。他从小就喜欢旅行。他曾经跟随父亲参加过智利北部的遗址考古工作。后来，他环游了中南美洲和一部分非洲后回家，并在一条小船上工作了四年。旅行塑造了他的人生观和价值观。在演讲中，他把在旅行当中看到的贫穷、贫富差距、不平等、原住民音乐和环境保护等问题与大家分享，并探讨在未来发展中如何解决这些问题。

　　他给自己制订了"Maruka Project"计划。这个计划之一是去亚马孙原始森林，创作原住民音乐，并落实一些切实可行的环境保护措施，但如何实施并不是一件容易的事情。我发现这些人活得真是很纯粹。比如：他已经有了家庭，有个可爱的五岁女儿。但是他告诉女儿，爸爸要用特别的方式表达对她和世界的爱。虽然不能经常在一起，但是可以通过发达的现代通信设备，和女儿一起唱歌，交流。他现场演唱并和观众分享了他和女儿共同创作的歌曲。

他还与马里奥·图奇联袂演出，带来一场触动心灵的演唱会。"在全球化的洪流中，他希望通过记录原住民文化为后代保留寻根的线索和能够代代相传的珍贵的经验和智慧。"主持人介绍说。

他买下了瑞士军方废弃不用的救护车，改装成超性能越野车，他准备花十五年时间，去完成这项对他来说具有使命感的活动。

在船上以歌唱和舞蹈来诠释历史、和平与文化的领航人各有特点。从巴西上船的来自巴西 Roraima 联邦大学卡波耶拉中心的领航人的演讲让我们耳目一新。

他着重介绍了一种既舞也武的舞蹈形式——卡波耶拉。他说："很难一下子对卡波耶拉做出一个准确的解释，因为它包含了很多因素。" 这种舞蹈也可称为"巴西战舞"，是一种介于舞蹈和武术之间的艺术样式，除了音乐伴奏，还有不停的"嘿哈"呐喊声，助威鼓劲。它16世纪起源于非洲，和巴西原住民、欧洲殖民者文化，以及奴隶历史相关联。一直到20世纪30年代以后卡波耶拉舞才正式被允许在民间习授流传。今天的舞蹈相当程度融入了巴西本土原住民的文化特性。他说："没有规则。你的伙伴的动作和能量以及音乐将指导你的动作。正因为富有创造性和表演的自由，它才会如此让人愉悦。卡波耶拉其实分为两部分：你的表演和阻止伙伴表演的能力。使用你的直觉，同时提高你的能力。推动自己就会改善体能。你会变得更强壮，有更好的灵活性和协调性。同时，卡波耶拉让你接触到自己的身体和意志。它很依赖本能，你必须一直在运动中。"

他在讲座中，通过介绍卡波耶拉，为不同种族、性别、文化和不同年龄的人之间建立起沟通的桥梁。

来自日本的天文气象专家土佐先生专门分几次讲解了宇宙银河和星座等知识。他把看似很深奥的科学专业领域的知识，深入浅出地进行了讲解。既普及了科学常识，又开启了大家对日常科普的兴趣。比如：宇宙扩张是什么？宇宙的边界在哪里？在提问和讲解的同时，他还列举一些生动的事例，让大家了解和思考宇宙与人类紧密连接的关系。

土佐先生还专门组织了一次晚间星座现场的讲解活动。我跟随土佐先生的讲解，仰望璀璨的星空，心里涌动起波澜。

当夜幕降临，正式活动开始之前，工作人员把所有的灯关闭。在黑黝黝的太平洋上，在美丽的夜空下，土佐先生手持手电筒，为乘客一一讲解星座的位置，了解星座的起源、形态，以及星星如何结束一生，又是怎样开始新的循环。

海水为什么是蓝色的？晚霞为什么红呢？

他说，当你站在甲板上眺望大海，眺望一望无际的大海，你就完全进入了另一个世界，尘世被遗忘了。

他这几句话，完全概括了我在序里所表达的感受。

尘世被遗忘了。

这些领航人的个人阅历非常丰富，个性独特，知识储备量足，他们以自己的个人方式践行着为科学，为和平，为保护环境所做的努力。

CC翻译志愿者■

CC，是英文communication coordinator的缩写，中文的意思是：翻译志愿者。顾名思义，就是在船上担任中英日韩法西等多种语言翻译的工作人员。同声传译、现场翻译、文案翻译等。英译中、中译英、日译中、中译日等。需要说明的是：CC志愿者一般没有报酬，只有可以免费跟团上岸随团工作的旅游机会。

无论有无报酬，绝大部分志愿者之所以选择这份工作，我认为还是与环球旅行开阔视野的难得机遇有关。

船方在介绍CC团队时说："在这趟环游世界的船旅中，我们会与许多不同的语言相遇。不仅是领航人和船上乘客，我们在各个靠港地也会听见许多不同的语言。有些人可能觉得这个现象很有趣，有些人却会觉得语言障碍是一面难以跨越的高墙。以国际交流为目的的Peace Boat，为了消弭言语上的沟通问题，出航前特别招募了一批翻译志愿者。四个月前经过严格甄选和培训，他们如今已在船上和岸上为乘客提供各种语言上的协助。"

　　船上活动众多。其中重要的是讲座、采访节目、每天的报纸和大型的现场活动，等等，这些都需要翻译、同声传译和现场翻译。他们的工作量很大，需要搜集大量背景资料，对采访对象与信息资料要进行增减调整等工作。从事翻译工作，并不仅仅是书面翻译和口译，更重要的是翻译要准确，从而保证译文逻辑清晰，表述自然，要求翻译要具有很强的语言表述力，能够及时地准确地调整组织好语言，应变果断，反应迅速。尤其是外语翻译成中文，或者是中文翻译成外语，都要求译员在具有良好的语言逻辑和汉语素养的同时，做到既翻译出汉语的博大精深，又要译成符合对被翻译语言国家的语言习惯和逻辑思维的语言，还要跟上现代科技的步伐，眼界开阔，能准确速记，善于交流和沟通等。所以做一名船上称职的CC不简单。

　　我遇上的第一个CC是基督徒和素食主义者刘雅璐。雅璐高挑身材，浅棕色的皮肤，一双智慧的眼睛镶嵌在一副和善的面容里。话声温婉，健康大气。这个健康不仅仅指身体健康，而且还包括她健康丰富的内心。她喜欢健身运动，我几次遇见她忙中偷闲做瑜伽。

　　有一次，她随团做翻译。当时旅行团队在大溪地旅行结束，大家在岸边等待乘小舢板分批返回大船。还剩下二十多分钟，只见码头旁的海岸边，聚集了很多当地人在海里游泳。忽然看见雅璐大大方方地，不知不觉地奔向海边，她在青岛长大，对海的感觉可能就像泳池一样。她就穿着紧身T恤衣裤，在海里畅游，与大海相融。

　　还有一次，她随团出行，和我在一起。也是在大海边等待上车归船，有半小时时间。我们俩沿海岸边走到僻静无人处，我们把衣物放在

高更故居

阿根廷冰川

乌斯怀亚

大树下，自由自在地在大海里游。

　　她曾说："我计划在船上带大家一起健身，还有分享纯素食对生态环境和我们自己身体的益处。"看得出，她是一位很有见地的女子，对这次环旅已经做了充分的准备。她在船上和任何人打交道都很得体，落落大方，就像她主持的节目一样。

　　雅璐有着良好的教育背景。如果我没记错的话，她说她十七岁时随父母移民西班牙。曾作为交换生前往加拿大读书。她的家境并不是很富裕，父母在西班牙开了一家小店维持生活。雅璐在西班牙读的大学，专业是西语—英语翻译，之后赴美留学。2016年5月至11月，雅璐在纽约联合国总部实习。我看船上介绍她的资料里，有很多她积极地参与公益志愿活动的内容。她是一个独立性很强的女孩吧。

　　她在接受采访时说："对世界强烈的好奇心一直驱使着我探索未知，我的全部家当都可以装进两个二十三公斤的行李箱，所以只要有机会我都愿意去挑战。因为年轻的时候我们负担最轻，可塑性也最强，每段经历都意味着改变，都可能对日后产生很深远的影响。我预知的是，这次航行之后，我的中英文翻译水平、沟通和组织能力会有很大提升，我还会学一门四外——日语。我不可预知但可以预料的是，这段环球经历将会帮助我完善对世界的认知和对自我更深刻的了解。我非常期待这一百多天没电话没网络的生活，去感受真实的世界，跟真人对话、交朋友，不被打扰地读书、写字和思考。"

　　她具有在不同的场景快速融入的适应能力。

　　除中文外，她还会讲熟练的英语、西班牙语和法语。她现场翻译水平之高，让人由衷赞叹。我第一次领教她的翻译，是她现场翻译的一个知识讲座。

那是我第一次在现场通过翻译来了解讲座内容。那场讲座是关于澳大利亚原住民音乐的英文讲座，知识点强，涉及专业音乐知识背景和有关澳大利亚社会、历史及原住民人文背景的介绍。雅璐的表现充分证明了她个人的知识学养和充足的案头准备工作，以及出色的现场应变能力。如果说那场讲座让人耳目一新，收获多多的话，雅璐的翻译功不可没。

第二次是她参与主持的新年联欢会。

她和另外两名主持人站在台上。青春勃发，端庄成熟，语速适中，声音温婉流畅，不怯场，没有一句磕巴。而且她汉语用词准确，词意表达丰富，充分展现了汉语之魅力。同时，她个人的风采和才华也展露无遗。

对CC翻译的另一种考验是随团工作。就是担任岸上旅行观光团的翻译，现场要随时随地对当地导游做出的讲解内容进行翻译。

这种即兴翻译对译员要求很高，难度很大。但雅璐举重若轻。她不像有的翻译，要拿个本子先记录内容，然后再翻译，否则话多了，会记不住。但是等到翻译传译给乘客，已经转到下一个内容了，根本听不到完整的现场解说，很多重要的内容就漏掉了，我有过亲身经历和体会。雅璐则不然。她有两次跟我们的团。一次是马达加斯加参观猴面包树大道；一次是大溪地。马达加斯加那次除了当地导游，还有一位随行的讲英语的当地环境保护专家，也就是保护猴面包树的专家。参观过程中，通过雅璐，他跟我聊了很长时间。从猴面包树的生长过程和植物特点到近年来当地为保护猴面包树所采取的必要措施和手段，以及在全世界范围内几种现存的猴面包树的分布情况，专家——做了分析和解释，雅路全部是即时翻译，从头到尾，娓娓道来，能够达到如此效果，除有天资、勤奋，肯定还有她周游世界的丰富生活和思想感悟。她是有真本事的人。

另一次在大溪地。她是随团翻译，还有一位当地导游。她也是现场翻译，一个景点一个景点，一段内容一段内容地详细解说。最后结束时，她在车里为大家做了这次旅行的总结陈词。从这个世界遗产保护遗址的历史文化背景，到宗教和整个大溪地的时代变迁，完整而准确地归纳总结叙述了一遍。显而易见，没有文字稿，全部是脱稿口说，那些翔实的知识背景如果没有事先做功课是达不到这个效果的，但是她现场出色的表述能力非一般人能为之。可见雅璐勤奋用功之深。最后大家用热烈的掌声给予她最高的赞赏。

之后，在各种场合都能听到她翻译的声音。

CC团队人不多，我常常是有的活动想参加却因为没有翻译只能放弃。可见他们工作的重要性和繁忙程度。这些来自不同国家和地区，有着不同人生经历的翻译志愿者，在船上检验自身价值的同时，也体验着他们又一次独特的人生旅程。

船上有固定的介绍CC和其他工作人员的节目。很可惜有的时候知道得晚了，有的时候因为没有现场翻译只能作罢。比如：船方吉田岳洋先生和渡边舞小姐的个人介绍节目，就是因为没有翻译而只能放弃。

每个CC都有自己的人生轨迹。二十多岁的青春韶华，只要勤奋努力，命运还是可以掌握在自己手中的。他们各自有着丰富多样的经历。其中有几个外国人，有的刚从英国的大学毕业，在即将开始工作的时候，出现了人生的转折点，选择到船上来工作。有的本来过着平静的生活，在偶然得知了"和平号"后，放下了原来的生活，登上了这条船开始新的尝试。有的热爱音乐、体育和大自然，打算经过这段经历后，为今后稳定的工作做准备。还有的是之前曾以乘客的身份登船旅游，回去之后，重新思考和审视了自己的人生和梦想。比如：喜欢在船上和陌生人相遇，喜欢到一个陌生的地方，体验当地的民俗风情和完全不同的文化。甚至在登船旅行时也没有明显的意识，但回去后突然发现自己对许多国家的文化历史感兴趣了，然后毅然决然又以志愿者身份报名参加船上的工作，这样相似经历的工作人员有很多。

在国际交流的多元世界中，自立自强，抓住机遇，迎接挑战，完善和丰富自己，这就是现代青年的一个缩影吧，我羡慕。

下船的前一天，我遵嘱奉还雅璐的书——《拿破仑传》，作者是德国人，路德维希，被称为20世纪最伟大的传记作家。

几幅剪影 ■

这次航旅三个多月，认识了很多人，见识了很多事。虽说认识，但萍水相逢，相知不深，不能说彼此非常了解和熟悉。但是，这一段时间里，还是会让我从我有限的接触中，从不同的侧面，写下了下面几个人。无论他曾经位居高位，还是担任过其他什么要职，这些在我眼里都不重要。他们之所以赢得我的尊敬，是他们的智慧、言行和见地。

木月先生，年逾七旬。"七十而从心所欲，不逾矩。"面貌却似"五十而知天命"之年，精力充沛，头发茂密，整整齐齐。作为专业摄影人士，走到哪里，都希望捕捉到美好的瞬间，留下永久的美好记忆。但是那些摄影器材一二十斤重，然而木月先生却"长枪短炮"地背在肩上，身手矫健，气势不凡，健步疾走，美景不容错过。抢时拍照的瞬间，他"长枪短炮"端在手，随时出击，"啪啪啪"，按动快门。吾自愧不如也。

木月先生属北京团，我属上海团。我带了几本书，加上岸上观光，时间很紧，跟北京团没有来往，基本上只跟上海团行动。所以上船以来，孤陋寡闻，有眼不识泰山也。

第一次远距离看见过木月先生。那次是船上举行他赠画册仪式。人很多，我站在最后面，我的眼镜早该换了，近视加重并有散光，但迟迟未换，因此偶尔会产生"对面相逢不相识"的效果。所以那次仪式我站在后面看不太清，听得也不太清，错失良机也。

第一次近距离遇见木月先生是在餐桌旁。我们几个同胞坐在一起，木月先生笑着跟着服务生走过来，说："太好了，终于可以说话聊聊天了。"

因为每次在主餐厅用餐，往往不能开口说话，因为周围大都是陌生的日本人。偶尔碰上是同胞，自然是高兴的事。可以将一天下来或是又一天将要开始的话题，——谈起，边吃边聊，可以互为交换，互通有无。

后来又有两次我碰巧和木月先生报的是同一条旅行线路。

其中一次是在大溪地，参观当地原住民的生活和传统文化手工等活动，包括参观在原址重建的印象派大师高更的故居。在船上有人曾就有关高更的话题向领航人提问，领航人没有关注高更的艺术创作和作品，更多的是委婉批评他在大溪地的乱性行为。

故居很简陋跟茅草屋似的，里面四周挂了几幅高更在大溪地时创作的画作，主要是以当地女性的纯真以及自然之美为题材的作品。只见很多人都在窃窃私语，认真赏析，频频点头，也不知他们是否真的懂。

所有的绘画都是复制品。好像是导游解释说，大溪地没有保留一件高更的原作，也没有保留他原有的故居。

没有一件高更绘画的原作，很遗憾。我对复制品没有兴趣。

我还想问问木月先生对画作有何感想，一转眼，他就不见了。

同坐巴士，有机会和木月先生聊了聊，我这才发现此人不同寻常。谈吐机敏，见多识广，沿途所见风土人情，国情民情，他了如指掌，客观准确，吾俩服极也。

时间过得很快，转眼在船上只剩月余。忽然某一天，我发现了一个奥秘。原来木月先生早餐定是西餐，可能是这里不拘束，乘客可以随便坐，不像主餐厅，指定座位，板人。而且，另外相熟的三两人也和木月先生自动组成一桌，边吃边聊，生动有趣。

木月先生慧眼，识人断事，风趣睿智。他对事物的看法，三言两语，切中要害。人在生活和工作中的小细节，经他点评，会让人深受启迪，心里发出由衷的赞叹。

我作为旁听者，获益匪浅也。

后经人点拨，得知木月先生曾任要职，现任某省摄影家协会主席。

我这才恍然大悟。

木月先生是要人。但是我觉得木月先生更是个热心人，平易近人，在船上帮许多人拍过照。同样的人物、背景，木月先生拍出来的效果总比我们高明许多，即便是用手机。

木月先生用我的手机帮我拍照时，拍出的效果比我拍得好许多，人与景的比例，光线的效果，以及衬托的背景和意义等专业因素，他运用得相当娴熟。

不久，木月先生举办了一场摄影讲座。场内坐满了中日乘客，我们还提前占位。摄影讲座他做了精心准备。木月先生主要讲解了自然风景的摄影主题，并从摄影的分类、技巧等专业知识方面，结合他自己的摄影作品与摄影经验，与在座的听众分享。

木月先生做了一次成功的讲座。

我对摄影是外行。但是我对木月先生讲座开始时引的诗、配的古典音乐更感兴趣。演讲结束后，我坐在位置上没有动，恍惚觉得讲座还没有结束，还可以继续下去。后来没有时间，以后有机会的话，还要向木月先生请教他为什么选取这种古典风格的曲目，曲目的旋律和艺术感染力，和这次摄影讲座如此合拍。

我觉得木月先生的人文素养很高。

当然，我最欣赏的是：木月先生的智慧和丰富的人生经历。

前面提及点拨者，点拨者，乃郑女士也。

郑女士阅历丰富，大眼睛双眼皮，一副学者派头。后得知，乃金融界退休人士也。但是她人文气质浓。郑女士也是一知性之人。话锋犀利，见人识物，颇有水平。他俩都是"高人一等"的有识之士。郑女士也是早餐人士之一，等我发现"早餐"时，只剩月余，悔之晚矣。

郑女士乍一开始给我的印象是一人文学者。热爱摄影，用的相机很专业。经常能看见她端着相机，楼上楼下走走停停。偶尔，她会带着电脑出现在九层僻静处，神态专注地忙碌着，让人不忍上前打扰。

我和她经常相遇的地方是大讲座会场。除去工作人员占去的第一排外，第二排或者第三排，是我俩基本固定的座位。她极认真。听讲座时，拍照，记录，一副思考状。

2016年最后一天，我们来到了号称世界最南端的城市乌斯怀亚。据说它的名字最早是由英国殖民者选雅马纳文字命名，意思是："海湾一直延伸到日落"。很有诗意的名字。有关雅马纳人，资料记载："雅马纳人是南美印第安人的一支，到19世纪只剩下不到三千人，主要生活在火地岛及附近合恩角一带。一般只穿兽皮斗篷，驾驶两端尖翘的独木舟，从事渔猎生活。"

它是去往南极的"驿站"。

"这是阿根廷唯一一个包含有海洋、冰河、森林三种天然景观资源的城市，被称为：世界的尽头，一切事物的起源地。"

小城静谧安详，一排排的小街巷道与一排排风格迥异多元的建筑交叉纵横，充满了高贵典雅的艺术气息。当然，在乌斯怀亚，大街小巷也有一种当地特产——帝王蟹(也有人叫长腿蜘蛛蟹)的餐馆招牌。

乌斯怀亚小城色彩斑斓，小巧精致。它拥有世界上最南端古老的邮局，至今还在营业。从这里发出的信件和明信片，盖上当地的邮戳和邮票，是非常具有纪念意义的事情。

在乌斯怀亚，我参加了乌斯怀亚郊外健行和眺望马蒂尔冰川的活动。

马蒂尔冰川，隶属于巴塔哥尼亚美丽的大自然，是以1883年来此探险的法国学术探险队队长的名字马蒂尔命名的。它海拔一千米，是乌斯怀亚重要的水源地。

整个团队二十多人就我一个中国人。早饭后出发，一小时左右到达山脚下。大巴士停在了两间农舍前，类似旅馆客栈性质的小木屋。经营者是家族式的，卫浴设施一应俱全。我们坐在木质小板凳上，每人一份小面包，一杯巧克力牛奶，香甜醇厚。这是登山前的能量补充。国外旅行社服务的细节小插曲很让人心生温暖，像句广告词：浓浓的情意。

全程温度适宜，没有激流险滩，但有原始风貌，溪流潺潺。山路坡度适缓，两边碎石颇多，水草丰盛，林木繁茂，远远地可以望见冰山山顶积雪覆盖的一隅。空气清冽，满目苍翠，沁人肺腑。

这一趟郊外健行，真的是心旷神怡，满心愉悦。

我在乌斯怀亚的跟团旅程结束后，一个人逛街遇见她。问她去哪儿。

她说："去博物馆了!"

我说："去了哪个博物馆?"

她说："到乌斯怀亚，一定要去这里的海事博物馆，就在市区的东边。这座博物馆过去是监狱，现在改建成一座集船舶、艺术和历史等之大成的综合博物馆。博物馆里有监狱旧址，船舶航海，美术馆和当地原住民的生活馆。博物馆的门票二十三美元。博物馆中的不少展品十分令人震撼。既有当地被灭绝的土著人的遗存物，又有航海探险家与殖民者留下的物品，以及流放地苦囚犯们的生活物品，还有那些魅力无穷的油画。因时间有限，所有的展室都是匆匆而过。"

她说她每到一地，首选是博物馆。这和我几乎不谋而合。博物馆在国内是首选，出了国门，我把博物馆排在第二位，但那是必看的项目。2008年我带儿子去希腊，提出参观博物馆。导游的一句话我印象很深。他说："你是第一个提出参观博物馆的大陆游客。"

像郑女士和我这样喜爱博物馆的游客不知有多少。当你跨越了千山万水，不远万里来到异国他乡，我认为博物馆选项是最佳选项之一。

据资料记载，人类历史上第一座博物馆是公元前3世纪托勒密·索托在埃及的亚历山大城创建的。它是一座专门收藏文化珍品的缪斯神庙。博物馆一词，也就由希腊文的"缪斯"演变而来。

具有现代意义的博物馆诞生在18世纪的英国，也就是1753年建立的大英博物馆。据说当时有一位兴趣广泛的内科医生，是个收藏家。为了让自己的收藏品能够永远"维持其整体性、不可分散"，他决定把自己将近八万件的藏品捐献给英国王室。王室由此决定建立一座国家博物馆。大英博物馆成为全世界第一个对公众开放的大型博物馆。

博物馆里包括国家历史、文化历史、考古遗址、绘画、雕刻、装饰艺术、实用艺术和工业艺术、古物、天体、植物、动物、矿物，自然科学、实用科学和技术科学，民俗和原始艺术等等内容。

有不少走出国门的旅行者，一说起来，就是走了十多个国家，岂不知大多数都是长途旅行，一天到晚坐在大巴里，走马观花，到一个地方照张相，就算来过此地了。

她说她已经参观了世界上一百多个博物馆了，羡煞人也。

我们时常热衷旅行，行色匆匆，很可惜却没有时间在那些收藏有无价之宝藏的博物馆里仔细观赏。大师们的绘画作品，古代的雕塑、瓷器、陶罐；如果有时间，甚至可以细细品察锔瓷缝补的手艺。你可以面对横展在你面前的古书、经卷、手绘制品，等等，双手交叠在胸前，赏心悦目之余，陶醉在那流光溢彩闪射出的人类伟大文明的智慧光芒之中。

在船上空闲时，她边说边打开相机，向我一一展示她一路的收获。抓拍的人物照、风景照和比较有意义的重点图景。她甚至拍每个餐厅的食谱。每次偶遇船长，她都要向船长问些航海问题。每天变化的航海图和航线图她也记录在案，每天傍晚的落日也是她的挚爱，感觉她对天文地理学很感兴趣，而且她的兴趣广泛。

她对于宇宙万物充满了感情和兴趣，她想弄明白星座学，想了解宇宙的千变万化。

船上有一位日本气象天文领航专家，他演讲的内容从银河、宇宙到星相学，以及南北半球加起来总共可看到的八十八个星座。讲座中他问道，它们是如何被划定的呢。

这样的讲座，郑女士从始至终，睁大眼睛，她渴望从讲座中从知识中去了解星座的起源、形态……

她跟着专家的脚步，在遥远的银河闪烁的星体世界中遨游，寸步不离。

剩余的时间里，我俩相伴相行，甚欢喜。

吉田岳洋先生，是个典型的日本人，船方总监。

他个子不高，双目锐利，透着一股精明劲，人站在那里，很有分量。我以前没觉得光头有魅力，在船上发现吉田岳洋先生的光头发型不仅很有气质，而且也省去了几个月在船上理发的麻烦。他常常戴着礼帽，精力充沛，干练整洁，浑身散发出永远使不完的劲。他走起路来，任何时候都是脚步急促，铿锵有力。一个工作夹子拿在左手向内弯曲，紧挨胳膊，合体考究的西服，身材匀称，可以说很有模特的范儿。言语之间，很有分寸。他在第一次举行的欢迎中国游客的仪式上自我介绍说："我名字里的岳，是高山的意思。很可惜，我个子不高。"他除了几次公开场合的讲话外，寡言少语，不苟言笑，和乘客也很少主动寒暄互动，刚上船参加学习日语的活动时，他出现过一两次。后来的时间里，他最多点下头，打个招呼而已。

船上的工作人员很多是身兼数职。他还有另一个抛头露面、光鲜照人的职务：船上电视新闻节目主持人。每天晚上六点半钟准时开始，日语播报一天的旅游和船上活动的新闻，大约半小时。电视会反复重播，到八点时，配有中文翻译播报。八点半，新闻播报结束。

在电视上，他是另一个吉田岳洋先生。日式幽默，和搭档配合得很默契。他很注重着装，平时西服笔挺；电视上以便装出现居多，服装基本上是一天一换。不知是自己准备衣服还是船方准备的，他服装搭配得很有品位。

每次上岸前的到港说明会，他是参加者之一。这是船到达目的地国家的介绍和注意事项等方面的说明会。通常是由船方主要部门负责人讲解，从船长到港务局负责人。吉田岳洋先生主要介绍人文方面的内容，包括当地重要的人物和活动介绍，说得简明扼要。

每遇大事，他都是首席代表。发表讲话，主持各种仪式，参与活动，与来访者互动（仅限舞台上），解决困难和棘手问题（比如：那次南非签证遭遇，他没有参与谈判，但他亲自督阵），等等。

他的两次工作实践让我感受到了日本人的工作严谨、细致的程度。

第一次是船停靠在莫桑比克马普托港口时，船方邀请当地的艺术家上船进行文化艺术交流活动。当晚举行了歌舞联欢表演，舞蹈家们表演了具有当地浓郁风情的非洲舞蹈。非洲舞蹈节奏感强，激情饱满，舞姿绚丽，男演员肢体摇摆力度虽然不及女演员，但动作的难度很大。有一个动作是男演员站成一排，两腿分开呈半蹲状，类似马步，随着音乐的节奏双腿摇摆。

表演进行中，为增加热烈气氛，有一位男演员走下舞台，邀请吉田岳洋先生等人即兴上台一同表演。没想到，吉田岳洋先生爽快地答应了，登台参与表演。大约有几分钟时间，他的动作做得很到位，从头到尾，没有削减动作的难度。

最让我佩服的事是复活节岛上岸观光项目。由于当地港口受海洋地理环境影响，船停靠地离岸边约有几百米的距离。船在复活节岛停靠两天，上岸观光乘客需要分期分批上岸。上岸乘客必须乘皮筏快艇在清晨八点左右开始陆续出发，每天十几艘皮筏艇往返在船和河岸的两边。全体工作人员出动，有个年龄稍大的已六十岁的日本女翻译也站在出发舱口，给乘客穿戴救生衣。

我是第二天上岸的。船上工作有条不紊，严谨务实，安全而有保障。一条皮筏快艇一次运送十人左右。船员在舷梯口一字排下，护送乘客上艇。

等到达对岸，我吃惊地看见吉田岳洋先生，身着T恤衫，运动短裤，戴旅游檐帽，蹬露趾凉鞋。他正站在水里，神情严肃地通过翻译对大家说："不要站起来，让你站你再站起来。"可是有人还没有听清楚，或者说没等翻译说完，就腾地站起来，只见吉田岳洋先生很不高兴地皱了下眉，赶紧抓住他，扶乘客上岸。他个子不高，却伸手稳稳扶住一个高出他许多的人。之后，他亲自手扶乘客一个一个地安全上岸。吉田岳洋先生年龄不详，我把他归类为中年人，比他年轻的工作人员有很多，他完全可以站在岸上指挥即可，也是万无一失。但是他躬身力行，亲力亲为。返回时，还是他在现场，还是站在水里，手里拿着一条毛巾正在为一位乘客抹擦座位上的水滴。全船八百多人往返两天，这是多么巨大的工作量？

晚上，他依然衣着光鲜地、精神饱满地出现在电视上。

笑容满面。

平山雄贵先生，"和平号"邮轮亚洲部负责人。主要负责游客旅游这一部分工作。工作事无巨细，繁杂琐碎。各种纠纷、矛盾都要由他出面亲自处理。我觉得这份工作强烈地考验人的意志力和解决问题的能力，非一般人能胜任。

他三十多岁，微卷的头发向后梳理，从容老练。他不像一些日本人，不苟言笑。他的笑容常常挂在脸上，不停地鞠躬。

刚开始时，我并没有注意他们的工作程序，发现他的工作担子不轻时，是签证那件事。

中国游客如此大规模地组团上船，是第一次。这对于平山日方工作人员来说，也是从零开始的工作锻炼。文化背景不同，生活习惯和习俗不同，有的地方甚至存在很大的差异，如何保证中国游客圆满完成这次环球旅程，对于他们来说，经验不足不说，主要是责任重大。尤其是亚洲部，工作难度可想而知。

他的工作量极大。他们的办公室时常加班，灯光明亮，繁忙异常。但是无论我们何时提出什么问题，他都是尽量满足大家的要求，处理解决好。

从处理签证问题可以看出平山丰富的工作经验和办事果断的工作方

法，以及他平易近人和包容的为人处世作风，而且他还有超强的忍辱负重精神。为尽快解决问题，他主动承担很多责任，包括和他没有直接关系的问题。他总是心怀善意，希望尽快平息事态的发展，让大家满意，使事情得以圆满解决。

别人觉得他很委屈，他从来都是摇头，连连说，这是我的工作，很正常。各种纷繁复杂的事情，他经常要从头开始，一遍遍梳理。

在上船后不久，没有想到的是，因为他的谦和，我们都自然而然亲切地称他：平山。

亚洲部平山的手下，还有几位工作勤奋、认真负责的同事，他们是：小史、洋平、Vicky等等。

因邮轮故障需要维修，我们在日本停留的几天里，他仔细询问大家的要求，对于每个人提出的意向安排，他都和同事做了专门研究。我很想逛狂日本的瓷器店和美术馆，我询问平山能否推荐一些好地方。他欣然应允。第二天就把地图打印出来了。翻译人员说，他忙到夜里两点才结束一天的工作。

这家瓷器店非常合我意。中等价位，古朴的小店位于一条街道上，很不显眼。推开门，一位中年女店主含笑迎客，小店面积不大，布置得很别致，四周都是瓷器，一打眼，就是比较精致的作品，设计也非常巧妙，既有蓝白青花图案，也有仿旧造型，更有现代很抽象的设计图案。而且有的只有一件，并印有设计师的名字。

真是乘兴而来，尽兴而归。

我们自以为很了解平山的工作。直到平山的一次演讲，我才发现我们没有看到的另一个平山。

平山做了一次题为《"在日朝鲜人"与"日本人"之间》的专题演讲。从平山的视角，让我再一次感受到日本社会的另一个不为常人所知的一面。

平山说，他今年三十五岁。从小读书学习和生活，全部和日本人一样，当然一直以为自己是日本人。直到三十岁的某一天，他从表妹口中隐隐约约知道了自己的真实身份——不是日本人，而是朝鲜移民。而在他向母亲核实时，遭遇母亲一反常态、一改平时温柔形象的极力反对，大发雷霆，以强烈的口吻予以否认。父母的坚决否认，更加让平山困惑不已。他决心弄清楚身份的真相。2015年，平山去韩国济州岛开始了自己的寻根之旅。在演讲现场，他以自己的亲身经历和家族史，以及大量的资料和图片信息向观众讲述"在日朝鲜人"与"日本人"之间的身份认同所带来的鲜为人知的遭遇和在日朝鲜人真实的生存境遇所引发的思考。

"在日朝鲜人"身份的转变是如此艰难和复杂，能够做到"亚洲部"负责人这一角色的平山雄贵先生，绝非一般人。

傅高义教授在《日本新中产阶级》书中，写到日本人如何看待和评价一个人能力时说："要想充分赢得他人尊重，仅有忠诚是不够的，还必须有能力（能干或有才）。所谓能力，不仅指'才能'或'天才'，还具有'勤勉'和'毅力'的意涵。"

他有着怎样的坚忍和隐忍的毅力呢？

我们都看到了：平山是谦谦君子。

"单枪匹马"六人组的跨国冰川行■

自从看了那张照片，阿根廷冰川国家公园成了我心仪的地方。

群山环绕之中，那是一片冰的森林，冰的山，"冰树"的枝杈锋利。莫雷诺那张冰川峡谷的照片，直中我的心扉。照片上捕捉光线的质感非常醒目，一片洁白晶莹的白色天地。那里空气湿润，气体在冰山上面形成的白色雾霭将天空遮住，白色的山，白色的冰，冰的外层是白色，内在深处裹着幽蓝的透明的光，湖水白里泛蓝。冰川的对应面，有一片茂密的绿色针叶林带。

它就是已有十亿年历史，至今仍然活跃着运动着的巨大冰川——著名的莫雷诺冰川。1945年阿根廷将此地列为国家公园加以保护，1981年被列入联合国世界自然遗产。

还是从旅程开始说起吧。

我这个人比较落伍，不太愿意使用科技发达的智能手机。所以我出门旅行，只能依靠旅行社这个"组织"。比如：这次就是通过旅行社报名上船的，为的是省心，依靠组织行动，虽然我喜欢自己单独的自由行。

但是，出人意料，这次旅程中的重要项目，心仪已久的阿根廷冰川游只能自谋出路了。

原因略过。只是当时大家都在自组小分队。我们自组了一个六人小分队。在船上经一名业内人士指点迷津，联系了一家德国旅行社在当地的分社负责接待，接待的导游说英语，大家说，就看你的英语了。听了这话，平时没怎么出门的我，顿生恐慌，但是别无选择，就跟着大家懵懵懂懂地上路了。

小分队六人除我之外，都是旅行经验和人生经历比较丰富的人，慈眉善目的，我也就不慌张了。整个智利国家的官方语言是西班牙语。六人组已经有人做好了充分准备。王总和许老师的手机安装了西班牙语翻译软件，另外每人也都有分工，会计、采购，等等，而且我发现他们生活经验很足，粮草衣食，想得很周全，面面俱到。所以上路后并不十分担心，倒是担心自己的英语千万不要"误导"了前进的方向。

六人里，除我之外，两位王总。一位是喜欢玉石的王总，平时喜欢逛旧货市场，幸运之时，还能淘宝、捡漏。他手上戴的就是从古玩市场淘来的具有五千年历史的红山文化时期的玉。另一位是从部队领导岗位上退休的王总，他有一种充分适应周围环境变化的军人举止，沉着应战。还有一对聪明能干的模范夫妻，最后一位是和我年龄相仿爽朗的女士。

我们的船停靠地是智利的蓬塔阿雷纳斯。我们前往冰川目的地首先需要乘坐三个多小时的巴士到达中转站纳塔莱斯港。纳塔莱斯港是智利南部的海港城镇，建于1911年，它和智利的百内国家公园、阿根廷的冰川国家公园形成了一个三角形地形，纳塔莱斯港是前往著名的百内国家公园和阿根廷冰川国家公园的必经之地。

我们一走出港口不久，旅行社接我们的中巴就按时到达了。一位只说西班牙语的司机交给王总一沓英语日程表后，开车把我们送到了长途客运站后就礼貌地告辞了。

我们拿着日程表，仔细查看。旅行社很负责，日程表简单明了，明确列出这几天每日的活动安排。当天离出发的时间还有近两个小时，大家分头行动，办事的办事，采购食品的采购食品，充分做好后几天的准备。

余下的时间，我就在长途客运站周围四处徘徊。这里的长途客运站，唤醒了我儿时美好的记忆。清新的空气，寥寥无几的人，草木的芬芳味道，望上去纯朴的人们，候车室里的布置和陈设，简单的木椅，是我们久已生活在现代大都市喧嚣生活中早已忘却的图景。一股旧日时光扑面而来。外面临街是一块空地，周围行人稀少，两条街道中间生长着两棵长相奇异的大树，枝叶繁茂像一把伞遮罩下来。

拐弯临街的一栋房屋吸引了我，斑驳的墙面和窗户，验证着时光的流逝。在光线的反射下，我无意中一瞥，忽然发现里面有一些古旧家具的影子。我来了兴致，赶紧趴在窗玻璃上，踮起脚往里瞧，像是被人弃置不用的房间，里面很整洁，黑色的枝丫式金属烛台，古董似的钟表，木质考究的大桌，还有一些看上去年代久远的物件陈设在房间的四周。回过头，再看街上，恍如隔世。

南美国家这样小巧的城镇很多，它们没有经历过大的战乱和社会波动，生活宁静而安定。蓬塔阿雷纳斯这座城市主要是西班牙和克罗地亚等欧洲移民后裔，人口大约十五万左右，却拥有三所大学、三所技术培训中心以及众多文科、理工科学校。

据介绍，蓬塔阿雷纳斯的地理位置也非常重要。它是南极科学考察的必经之地，是通往南极的起始点，也是往返于大西洋和太平洋之间蒸汽船的加煤站，更是一座旅游观光城市。问起当地人，他们都说中国游客很多。

城市里有很大型的现代超市。一条条小街道纵横交错，小餐馆很多，各种装潢的招牌写明营业时间，都是接近中午才开门营业。

长途客运站就是一间几十平方米的房子，里面有几排座椅。旁边一个搁置行李的长形台子，两个男性工作人员在不声不响地检查和捆绑行李，以便运送上车。没有广播，没有工作人员提醒，一切都要靠自己来把握。

有一个服务台。一位中年女性工作人员站在那里，她身后的墙上挂着一张巴士起始时间表。你可以随时去问她有关时间等疑问，她能用英语——耐心地解答。

旅行社已经帮我们订好长途公交巴士的票，巴士对号入座，三个小时后，我们乘长途公交巴士到达了纳塔莱斯港，当即入住事先预订的民宿酒店。

这个民宿小酒店是家族经营的。简约怡人，不大的庭院，二层木质结构小楼，穿过干净整洁被鲜花掠过的过道，打开发出悦耳铃声的门，就是楼梯，客房在楼上。分为两种价格：一种普通型，一种套房型稍贵些。

纳塔莱斯港是个典型的欧式小镇，街上所见都是欧式风格建筑，居民主要是欧洲移民后裔。悠闲的小镇，他们热爱并懂得什么是生活的品质。它看上去既不是乡村风格，也不是旅游村镇，它就像是一个大平原上的舒适怡人的客栈。南美一路上，偶尔还会看见一家人开着车，到海边冲浪，车后面是很时髦的加盖防雨的行李拖车，里面也可以装体育运动器材和外出旅行的行李。在巴西，一大早，就有少年拿着冲浪板去海边冲浪。南美虽欠发达，但是生活普遍高品质，这并不是说得多有钱，而是指他们懂得生活。在纳塔莱斯港，到处可以看见庭院里鲜花盛开，简单木制的房屋，原始而现代，木桌木椅，人影朦胧，墙上陶瓷挂件。餐馆没到点不开门，人家不求顾客盈门。

街上安安静静的，普通餐馆里木质大桌上，三五蜡烛台，晚上火苗摇曳，吃得很简单，无非牛奶、沙拉，各种汤、鱼、烤肉和面包，黄油和咖啡，无声地或者小声地窃窃私语。但是你总觉得像是参加了一个高雅的聚会。

他们的骨子里对生活充满了激情，并不断发现和创造生活的乐趣，挣钱并不是他们生活的全部目的。他们做事勤劳认真，但不是工作狂，一家人经营一个民宿酒店，起早贪黑，很能吃苦，他们辛苦工作的同时也在尽情地享受生活。

经过一晚的休整之后，第二天一早，导游和司机准时到达酒店。旅行社的安排非常合理，一举两得，他们设计的路线是：以游览阿根廷冰川为主，同时兼顾百内国家公园的重要景点。

首先去百内国家公园。我查了资料，资料说百内国家公园 Torres

Del Paine (Torre 在西班牙文中意为"塔"，Paine 在古印第安文里为"蓝色"的意思)，其意是"蓝色的塔"，百内国家公园意为蓝色的像塔一样的众峰。

我们向目的地行进。空旷的大平原上，我们乘坐的中巴几乎是视线内的唯一一辆车。远远望去，大平原的图与景千变万化，一无遮拦，但是冷清清的，空寂无人。路途中，有两三次，我们的车停下来，导游带我们欣赏沿途巴塔哥尼亚旷野所特有的雪山的一隅、明镜似的湖泊、冰川的远景、山峦和草甸，以及动物们描绘出的大自然雄伟的图画。

百内国家公园和阿根廷国家公园都属巴塔哥尼亚地区。巴塔哥尼亚地区是世界上仅存的未开发、保持天然风貌的纯净自然地区。我们乘坐的中巴在寥无人烟，平展展的公路上驰骋。公路上很少见到旅游车，私家车几乎没见到。导游说，私家车从不跑长途，忘记问他这是不是因为落实环保措施而实施的法律规定。导游是个二十多岁的当地年轻人，淳朴自然，他说从蓬塔阿雷纳斯的大学毕业后，就回到家乡生活和工作。我们按照当地的习惯，路上付给他和司机小费若干。我问他当地的工资和房价，他一一解答，问他如果年轻人买房的话，除了贷款，需要父母的帮助吗？他点头回答说，有时需要。我问他，你的父母退休了吗？他说，他的父亲还在工作，母亲从未工作过，一直在家里照顾家庭。他说，一个家庭，如果父母双方都工作的话，家境会比较好，如果父母只有一人工作，家里开销会紧些。他介绍说，近年来中国游客猛增，再过两个月，他将要出差到北京洽谈有关旅游合作事宜。

第二天在游览冰川湖泊的游船中，导游没有跟随，我们的一切事务都要自理，需要时，船上有一名旅游公司的工作人员，可以随时咨询并提供帮助。南美旅游公司安排的工作人员都是非常有职业道德的，餐饮都是高质量的，船上有威士忌等免费酒水，在接下来乘船游冰川时，船上除了安排正餐，还免费提供各种酒类、饮料，包括威士忌，威士忌里面的冰块据说就是古老的冰川融化下来的冰块。让我唏嘘不已。

午餐也配备红白葡萄酒，一个大盘子，烤肉堆得像小山丘似的。船上那个工作人员看上去像印第安人，二十多岁，直直的黑长发，中分，深棕肤色，体形修长，眼睛明亮有神，有问必答，有求必应，非常友好负责。他在船上穿梭往来，忙忙碌碌，兼做侍者，端送酒水。下船前，他大大方方，像个玩耍的少年，吹着口哨，手里拿着一顶帽子，翻转过来，收取小费，自愿不勉强。我们给了，这并不仅仅是当地的习惯，更是他良好的服务所应该得到的回报。下车后，他特意友好地朝我们竖起大拇指并指给我们回酒店的方向。

大平原上的公路蜿蜒曲折，望不到头。这样的景象就像是好莱坞电影里面的画面，甚为壮观。阳光像一束束强光，扫过山峦、大地；一簇簇绿色的植物和时而闪过的野马，还看见南美特有的鹿和零星的一两栋房舍，大自然是这些生灵的中心。这里是人与大自然和谐共存的例证。马是如此悠闲，自由自在，在大平原中悠然漫步，没有伤害它的人，没有强迫它劳动的人。

在自然界面前，人如此渺小，人类在此只是短暂的过客。

到达百内国家公园，看到排队买票的人，才觉得这些人是从哪里来的呢。

导游直接去里面顺利办理了手续，很快就出来带着我们上车，还是坐原来的中巴一路前行。其他游客则要买票统一乘坐指定的车上去观光。

　　我真羡慕这样的游客。他们身背大行囊自带帐篷等必备游具，准备用一两个月徒步体验百内国家公园的神秘和壮阔的景象。园内有许多驿站，供游客休息住宿。但是驿站之间有很长的距离，游客必须做足功课。因为百内国家公园位于智利西南部的巴塔哥尼亚高原上，据介绍，这是阿根廷南部和智利间的一个高原，从里奥科罗拉多一直延伸到麦哲伦海峡，从安第斯山脉一直延伸到大西洋。占地面积两千四百多平方公里。而且资料显示："百内国家公园内部气候多变，阴晴不定。白天晴时阳光猛烈，阴时雨雪交加，时而晴空万里，时而阴云密布，雨说来就来，又骤然停住。路途坡陡，大风不歇，紫外线格外强烈。"

　　这里冰川甚多，冰川融化形成了冰川湖，湖水纯净呈蓝色，这里有蓝的天、蓝的湖、蓝的山峰、蓝的冰川，真是无处不在的蓝。

　　因为我们时间有限，导游直接带我们坐车去观赏了几个著名的景点：瀑布、湖泊、雪山，与我们擦肩而过的动物，一饱眼福。

　　一条山泉从高处倾泻而下，形成瀑布，爆发出大自然令人炫目的速度和力量，呼啸而来。我们走的路是腐殖土层，松软原始，周围深沉宁静，只有我们的说话声和大自然流水的低语声。我们上车停下，再上车再停下，我们在梦幻仙境里穿行，依偎在大自然的怀抱里，泉水清澈，山泉潺潺，树木草地，这是人间仙境，是大自然神圣的场地，我们来此朝拜，体验大自然带给我们精神上的洗礼和升华。

　　在这遥远的人迹罕至的巴塔哥尼亚高原上，互不相识的游客之间也在往来之间、在侧身让路间，用微笑、用眼神来表达彼此间的关切和谢意。

　　金色的夕阳冉冉升起，这是金色的傍晚。告别的时刻来了，橘红色的炽烈的火焰在山峦的映衬下辐射着光芒，在这金色的光芒下，无边无际的褐色大平原一无遮拦地铺展开。望着又高又远的天空和天空下无垠的旷野，我人坐在车里，精神恍惚又飘回到那片神圣的大地，久久地体验着。

　　说说阿根廷国家公园冰川之旅吧。

　　我们住在智利纳塔莱斯港的民宿酒店。现在要去阿根廷境内的冰川国家公园，需要在海关办理出入境手续。临行离开船时，船方一再叮嘱自由行游客要保存好上船的必要身份证明———张小纸条(海关出入证明)，多次明确指出海关盖章后即可，千万不要把小纸条交给海关而要拿在手里。我们即将登船的地方是瓦尔帕莱索，没有这张小纸条上不了船，所以这张小纸条非常重要。

　　智利纳塔莱斯到阿根廷国家冰川公园路途很远，乘坐长途巴士单程需要五个小时。不知走了多久，在茫茫无垠的平原上出现了一间小房子，房前是智利国旗。巴士停下，我们进海关办理手续时，事情出现了意外，智利海关警察要收走我们的"小纸条"，我急忙反复说明船上的叮嘱，我的眼睛恨不能马上把小纸条收回来。警察很有耐心地听完我的话，说，不要紧，你出关了，我们就要收回你的出关证明；等你从阿根廷返回时，我们再给你一个证明。就这样上车了，我心里嘀嘀咕咕，一路忐忑不安。

莫雷诺冰川入口处有醒目的宣传牌，有数据和图片详细介绍冰川的历史，很多游客拍照留念。

观看莫雷诺冰川有两种形式：近观和远眺。

和百内国家公园内冰川游览的形式一样。近观就是游客乘坐游船靠近冰川，再靠近，近距离地观看。从左侧慢慢掉头转到右侧。白色的冰川中间散落着，或者说就像从高空抛撒在上面的一条条深色的碎末沙石。游船不停地在坚固的冰川前徘徊，一方面保证充足的时间来观赏；另一方面就是想让乘客听到那巨大的轰鸣声，并眼看着一块块冰石脱裂崩塌，砸落到冰湖中，那是巨人般的冰树沉重倒下时发出的响声。

当我听说在这里经常可以看到这一冰崩的奇观，而且大家都希望碰碰运气，期盼着这一奇观时，我的内心虽然兴奋但同时又感觉非常复杂，总有一丝从心底涌起的悲凉和忧愁。这是我这次南美之行时时遇到的放置不下的愁绪。

那天，莫雷诺冰森林不时传出隐隐约约的响声，就像雷雨交加前的轰鸣声，"轰隆隆，轰隆隆"，这是冰川内部不断地运动挤压和碰撞所发出的声音，晶莹透明的蓝色从冰森林里渗透出来。大自然神秘莫测鬼斧神工，这声音即便是大自然的呢喃细语，或者是大自然雄壮的回音，我也不愿它发出这种轰鸣声，更不愿看见它退缩融化的现象。

近年来由于受到全球变暖的影响，研究人员发现：智利、阿根廷的巴塔哥尼亚冰川正在快速退缩融化，使得海平面不断上升。

另据报道，在瑞士的阿尔卑斯山区，一家滑雪公司的员工在对设备的例行维护过程中，发现冰雪中露出一只脚。经过仔细检查，他发现了另外两只靴子、一顶帽子和一对夫妇发黑的遗体。经核实，这对夫妇分别是鞋匠和教师，于七十五年前失踪。报道说，全球变暖或是主因，气候的改变可能帮助解决了这一桩悬案。

莫雷诺大冰川已经经过三万年了，它是唯一还在生长着的"冰川时代"的活标本。我们在栈道上一层又一层，一个角度到另一个角度，尽情分享这里令人心旷神怡的美妙瞬间。

皑皑的白色雪山，粼粼圣洁的湖水，莫雷诺冰川每一次发出的轰鸣声，都是大自然对人类无限扩展的生活领地和无节制的欲望的怨叹；每一次崩塌溅落的冰块，都是大自然对人类发出的警报：保护环境，刻不容缓。

返回智利纳塔莱斯的车上，我带着这份担心与思考，久久地望着窗外，默默地与之告别。站在冰森林面前，那壮观的场面，足以震慑人类，人类应该有所收敛。

在车上，大家收回心绪，做好充分的思想准备，一定要在智利海关拿回"小纸条"。车上的男导游不会英语，只会说西班牙语。刚好坐在我旁边过道对面的女孩子手里拿着一本书在读，我瞄了一眼是英文，就把我们的事情跟她说了，请她在海关通关必要的时候，也帮助过问一下，她很热情地答应了。

渐渐地，大平原上一片黑暗，只有巴士车灯这一前行的光亮和头顶上繁星点点的夜空，远离尘寰。

到了智利和阿根廷边境海关，已经晚上十点了。我们停在那里，仿佛驻足在人迹罕至的荒野，没有一丝光亮。只有智利和阿根廷海关的两间办公室燃着明亮的灯。我排队的智利海关窗口刚好还是上午过关的那位海关人员，这么晚了，他还在工作，不知他每天要工作多长时间。我把问题和担心又说了一遍，只见他很有耐心地拿给我一个新纸片，指着上面告诉我和原来的性质是一样的。我看了一下，这才放心了，大松一口气，整个冰川旅程基本上顺利结束了。而且第一次在实际生活中实践了所学的英语，没有"误导"大家，还是很高兴的。

车上的女孩特意走过来关切地询问事情的结果，得知我们顺利如愿，她开心地笑了。

回到小镇上近午夜十一点了。可能是我们的冰川之旅顺利完成，大家感到如释重负，于是有人一说感觉饿了，大家都附和着说，对，赶紧找地方吃饭。

奇怪的是，小镇还很热闹，很多餐馆还在营业。一群群年轻人还在火热地一边吃着比萨，一边小声而热烈地闲聊，也有人坐在幽暗的灯光下看书，旁若无人。我们不太喜欢吃比萨，就找了一个有海鲜汤、蔬菜沙拉的餐馆坐下了，点了餐之后，英俊的店老板拍着我的肩连连说道：OK。

就像我们的旅程，一切OK。

要想在几天之内全部游览百内国家公园和阿根廷冰川国家公园简直是痴心妄想。但是，那些蜿蜒起伏的河流山川，碧绿草地；那些辽阔的冰的世界，赋予了大自然生命的两个壮丽的名字，已经融进了我们的生命里，魂牵梦绕。

代后记■

　　和平之船与中国的不解之缘开始于20世纪80年代，那时它刚刚创建。船方首先联系到中华全国青年联合会，有意在中日友好的大环境下，将船作为一个窗口推动两国之间的民间友好交流。船方组织了大批日本年轻人参观日本侵华战争遗址，正视历史，反思未来。

　　我当时负责接待工作。1995年夏，我及同行九人作为第一批中国青年代表登上和平之船，参与了部分航海和交流活动，并在船上组织了有关中国改革开放现状的论坛，使船上的外国友人进一步了解了当今时代的中国。

　　2008年以前的工作，主要集中在邮轮停靠中国，接待来华的日本友人。随着中国改革开放的进展，并且该邮轮的"整整绕地球一圈的环球航行"的概念日益被中国大众接受和认可。2008年夏天，第一批八位中国客人参与了全程环球之旅，开启了中国人环球航海旅行的新篇章。

　　和平之船和我的合作时至今日已经二十多年，主要停靠上海港、厦门港、丹东港，并且逐步开辟着青岛、海南等新港口。近年来，随着中国市场的成长壮大，与和平之船的合作展开了更广阔的篇章。为了使更多的中国游客完成一个环球航海的梦想，为了使中国人走向深蓝海洋，财智邦（北京）国际旅行社有限公司作为和平之船环球邮轮在中国的总代理，倾注着无限的热情和精力。

财智邦（北京）国际旅行社有限公司董事长　王莹